D E A R + N O V E L

長い間

久我有加
Arika KUGA

新書館ディアプラス文庫

S H I N S H O K A N

長い間　目次

イラストレーション／山田睦月

長い間

それは、どんな人でも立ち止まって見つめずにはいられないようなポスターだった。

背の高い黒衣《こくい》の男が砂漠に一人、立っている。男と砂の大地と雲ひとつない空のほかは何もない。地球以外の星で撮影したような、奇妙に現実離れした世界がそこにある。

別世界のような印象を強くしている原因は、殺伐《さつばつ》とした砂漠の風景と、もうひとつ、男が放《はな》つ強烈な存在感だ。遠くに投げられた鋭い視線。固く引き結ばれた唇。セピア色に染められた怒りにも似た切なげな表情は、否《いや》が応《おう》にも人目をひく。

渡部真一《わたべしんいち》も例外ではなく、駅の構内に何枚も連《つら》なって貼《は》られているそのポスターの前で立ち止まった。コートのポケットに手を突っ込んで真正面からポスターを見つめる。

隣で同じように立ち止まった女子高生の二人組が、何やら顔を寄せ合っている。

「こうやって見ると、ほんっと高梨司《たかなしつかさ》ってかっこいいよね」

「ねえ、これ剝《は》がして持ってっちゃおうか。どうせ明日になったらもうないよ」

「そうだね。今のうちにとっちゃえ」

ひそひそと声を落とした会話が終わるや否《いな》や、二人組はあっというまにポスターをひき剝がした。啞然《あぜん》としている真一を尻目《しりめ》に、そのまま全速力で駆け出す。

キャー、というおおよそ意味のない叫びをあげながら遠ざかる二人の背を見送り、真一は思わずくすりと笑った。

この殺風景《さっぷうけい》なポスターが女性向けのジュエリーブランドの広告だというのだから、驚きだ。

更に今名実ともに人気のある俳優、高梨司をモデルとして選んだことと、有名なカメラマンが撮影を担当したということで、話題の的《まと》である。ワイドショーや若者向けの情報番組で、何度も紹介されていた。

真一は改めてポスターを見つめた。

いい表情をしている。少しも変わっていない。

またOL風の白いコートの女性が隣に立った。剝がしたいらしく、そわそわしているのがわかる。すぐにでも持っていってしまいたいが、真一が立っているので迷っているようだ。

真一は歩き出した。女性が明らかにほっとしているのが背中を通して伝わってくる。また笑みが浮かんでくるのを押し殺していると、ピリリリリ、とジーンズのポケットの携帯電話が鳴った。

相手が誰かは、わかっている。

「はい」

『真一？　俺や』

意思の強そうな低い声が、耳に押し当てた電話の向こうから聞こえてきた。直接聞いても電話越しに聞いても、その強い響きは変わらない。

「関西弁は使うなって言われてるんじゃないのか？」

『やかましい。おまえとしゃべるときぐらい、普通にしゃべらせえ。おまえこそ何をけったいな標準語使《つこ》てんのや』

「相変わらずやな、司」

真一はくすくすと笑った。

『今から時間あるか？　急に仕事が延期になったんや。うちに来い。飯でも一緒に食お』

時間はあるかと聞いておきながら、真一の答えを待つ様子はない。そんな強引なところも変わっていない。

「わかった」

『ほな後で』

さっさと切ってしまおうとする気配に、真一は呼びかけた。

「おい」

『何や』

「ポスター、見たで」

『そうか』

「ええカオしてたな」

『ほんまもんの方がオトコマエやろ』

「アホか」

ひとこと言って、今度は真一の方から電話を切ってやった。

高梨《たかなし》司《つかさ》と渡部《わたべ》真一《しんいち》は、高校時代の同級生である。不思議なくされ縁で、三年間ずっと同じクラスだった。

同級と言っても、年は真一の方がひとつ上だ。幼い頃、たちの悪い小児喘息《ぜんそく》に悩まされた真一は出席日数が足りず、小学校三年生を二度体験している。

そのことを知ったときの司の言葉を、真一は今でも覚えている。高校二年生の秋、よく日のあたる窓際の席で昼休みを過ごしていたときだ。ちょうど校庭の隅にある桜の巨木《きょぼく》が、茶色く染まった葉を落とし始めた頃だった。はらりはらりと舞い降りる葉を目で追いながら、司は言った。

ああ、それでか。俺は年上に弱いんや。

その少しも弱そうではない口調に、何がどう弱いねん、と聞いてみたが、無視された。弱いどころかめちゃめちゃ強いやないかい、と心の中でぼやいたことまで覚えている。

司の方から積極的に真一に近付いてきて始まった友人関係は、校内では有名だった。司は容姿にしても言動にしても万事に目立つ存在だったのに対して、真一は柔和《にゅうわ》な女顔が他より少しばかり整っているというだけで、特別目立つわけではなく、おとなしい存在だったからだ。

クラスという集団の中で作り出されるいくつかのグループは、総《そう》じて同じタイプの人間で構成される。しかし、真一と司は同じタイプではなかった。寧《むし》ろ正反対だった。だから、本来なら仲良くなるはずがない二人が一緒に行動していることを、よく不思議がられた。

そのせいだろうか。最初の一年間、つまり高校一年の間には、司と一緒にいて楽しかった記憶はほとんどない。一方的に振りまわされてばかりいた。

司は次々と付き合う女の子を変え、その度に真一に紹介した。

俺とのことで何かあったら真一に相談したらええ。こいつは俺の親友やさかい。

それが真一を紹介するときの司の決まり文句だった。そのせいで司に振られた女の子は皆、真一に相談しにやって来るようになった。泣いたり怒ったりする彼女たちをなだめるのが、いつのまにか真一の役目になってしまったのだ。

あまりにも頻繁《ひんぱん》に付き合う相手を変えるので、どうして女の子をもてあそぶようなことをするんだと問いつめたこともある。しかし司はむっつりと黙り込むばかりで答えない。それならせめて俺に紹介するのはやめてくれと抗議すると、おまえは俺を見捨てるのかと逆になじられる。あのポスターよりもっと激しい苛烈《かれつ》な怒りの表情をされると、今度は真一が黙り込むしかない。司の強い視線で見つめられると、何も言えなくなるのだ。

そんなことが一年も続いた。もう司とは離れた方がいいと思い始めていたある日、司は突然ぱったりと恋人を紹介しなくなった。誰か一人の決まった女の子と付き合い始めたからだと真一は考えた。きっと、いちいち紹介する必要がなくなったのだろう。司が恋人の存在について一切話さなくなったので、はっきりしたことはわからないが、それ以外に考えられなかった。

何はともあれ、真一はほっとした。司は気の強い積極的な女の子ばかりを選んでいたので、彼女たちの相手をすることは、かなり骨が折れる仕事だった。話を聞いているこちらの方が精神的にまいってしまうのだ。

それに、どうあがいてみても抗《あらが》うことができない司の強い視線をもう見なくても済む。ひょっとしたらそのことの方が、真一を安心させたのかもしれない。

それからの友人関係は穏やかで、居心地のいいものになった。司の強引さも横柄《おうへい》な物言いも、気にならなかった。タイプは違っても、ウマが合うこともある。一緒にいると、これといった話をしなくても落ち着くし、楽しい。自分にはない強さと激しさが、逆に司のいいところだと真一は思っている。

卒業した後、司は芸能界に入り、真一は大学生になった。上京して丸三年になろうとしている今も、司との友人関係は絶えることなく続いている。

こぎれいな2LDKのマンションは、いつ来てもガランとしている。最低限の家具しかない部屋は、ひどく殺風景《さっぷうけい》だ。装飾品の類《たぐ》いも一切置いていない。暖房が緩《ゆる》く入っているにもかかわらず、寒く感じられるほどだ。

「飯食お、て、全然用意できてへんやんか」

テーブルの上にもコンロの上にも、調理器具は見あたらない。真一は眉を寄せて司を振り返った。

「当たり前や、電話してから買い出しに行ったんやからな」

愛用の鮮《あざ》やかな赤のエプロンの紐《ひも》を結びながら、司が悪びれずに言う。真一はポスターの中と同じ精悍《せいかん》な顔をにらんだ。極端に短く刈り上げたヘアスタイルのせいか、少し痩《や》せて見える。疲れてるな、と真一は思った。目の下にうっすらとクマができている。

「そんな顔せんでもええ。安心せえ。すぐにできるもん作るから」

「今から作るんか?」

「文句あんのか」

じろりとにらみ返されて、真一はそうやない、と首を横に振った。

「疲れてるんやろ。味の保証はないけど、俺がやるわ」

「おまえなんかに作らせたらどんなもん食わされるかわからへん。料理は俺の趣味や。黙って手《て》ぇ洗《あろ》てこい」

「ひどい言われようやな。これでも自炊してんねんで」

言いながらも、真一はおとなしく洗面所に向かった。上京してから覚えたという司の料理の腕はなかなかのものだ。いつまでたっても上達しない真一とは正反対である。

芸能界というあらゆる意味で厳しい競争の世界で、司が無事にやっていけるのかという心配は、杞憂《きゆう》に終わった。私立探偵という経歴を持つ変わり者のマネージャー、西尾康之《にしおやすゆき》や事務所の人たちに支えられて、司は今や一流の俳優になろうとしている。地味な学生生活を送っている真一とは、もはや住む世界が違う。

しかし、真一と会うときの司は高校時代のままだ。セリフのイントネーションに支障をきたす可能性があるため、司は普段から方言を使わないように注意されている。にもかかわらず、真一の前では平気できつい関西言葉を話す。ドラマの中で標準語を話している司とは別人のようだ。

「手え洗うぐらいで何をもたもたしてるんや。早《は》よこっち来て手伝え」

キッチンから罵声《ばせい》が飛んできて、真一は苦笑した。

こういうところは本当に変わっていない。

「何言うてんねん。おまえが作ってくれるんやろ」

キッチンに戻ってきた真一を見もせずに、司はぶっきらぼうに言い返す。

「誰が据《す》え膳《ぜん》食わしたるて言うた。皿出すぐらいおまえにかてできるやろ」

「おまえ……、そんなんでよう仕事ちゃんとこなしてるな」

「どういう意味や」

「別に」

食欲をそそるいい匂いが漂《ただよ》ってきて、真一は目を細めた。くう、と腹が鳴る。その音に気付いたらしく、司はにやりと笑った。

「真一、今俺の近くに包丁があることを忘れたらあかんぞ。腹減らしたまま死にたないやろ」

「おまえが言うと冗談に聞こえへん。高梨司が殺人はまずいで、殺人は」

「アホ。俺と違《ちご》ても殺人はまずいやろが」

真一は言い返してきた司の手元を覗き込んだ。フライパンの中のタマネギとベーコンに塩コショウを加え、炒める手際《てぎわ》は見事なものだ。どうやら司得意のオムレツを作ってくれているらしい。

以前はよく外で食事をしたが、最近はこうして司の手料理をご馳走《ちそう》になることが多い。外やと邪魔が入るかもしれんから、と司は言う。

おまえとおるときに外野《がいや》からごちゃごちゃ言われたないねん。

その言葉が真一と一緒にいる時間を大事にしたいという意味か、それとも、真一のような普通の学生と仲良くしていることを知られたくないという意味かは、真一にはよくわからない。

「なあ、あのポスターどこで撮ったん?」

食器棚から皿を二枚取り出し、テーブルの上に置く。何度も訪ねているので、何がどこにあ

るのかは把握《はあく》している。

「鳥取《とっとり》の砂丘《さきゅう》。撮ったんは夏や。めちゃめちゃ暑かったわ」

「寒そうに見えたけどな」

「俺とカメラマンに才能があったっちゅうことやろ。冬用のポスターなんやから」

返事は素《そ》っ気《け》ない。ただでさえ乱暴な言葉づかいの裏にほんの少し怒気《どき》を感じて、真一は何気なく聞いてみた。

「嫌な仕事やったん？」

「別に。仕事があるだけありがたいと思てるから」

真一は端整《たんせい》な横顔をちらりと盗み見た。どちらかと言うと無表情な中に、怒りの欠片《かけら》が見える。やはり何か嫌なことがあったらしい。

今やその顔も知らない人がいないとまで言われる人気を誇《ほこ》っているのに、司は有頂天《うちょうてん》になったことがない。こうして会っていても自慢話ひとつしない。そんな司を、真一は尊敬している。

「けど、ええポスターやったで」

話を切り上げるつもりで真一が言うと、司はふと手を止めた。

「……俺のあのカオが不特定多数の人間にさらされるわけや」

「今更何言うてんのや。いつものことやんか」

「いつものこと……」

司は横に立っている真一の顔をまじまじと見た。こちらを射抜くような強い視線に、真一は思わず顎《あご》を引いた。高校一年のとき、俺を見捨てるのかと迫《せま》った視線と同じだったからだ。

この視線の前では良心も道徳も常識も、真一の何もかも全てが屈伏《くっぷく》する。そのことは経験上、よく知っている。

「何や…?」

何とか平静を保《たも》って問うと、司はふいと視線をそらせた。

「別に」

真一は心の中でほっと息をついた。何年も見たことがなかった視線だが、その威力《いりょく》はいまだに衰《おとろ》えていないらしい。

「おまえやっぱり疲れてるんとちゃうか？　風邪とかはやってるし、気いつけなあかんで」

司は横に真一がいることなど忘れたかのように、再びフライパンに意識を集中させている。

「おまえに言われんでもわかっとるわい。健康管理も仕事のうちやからな。オラ、ぼさっとしてんとテーブルの準備せえ」

「心配したってんのに、何やねんおまえは」

真一は司の足を軽く蹴飛《けと》ばした。すると、すかさず頭をはたかれる。

「いたっ、何すんねん」

「やられたらやり返す。当然や」

司は上機嫌で笑う。さっきの強い視線は見間違いだったのではないかと疑いたくなるような、快活《かいかつ》な笑いだった。真一は改めてほっと息をついた。

「おまえジムとか行って鍛《きた》えてるんやろ。そんなんと俺を一緒にすんな」

安心すると軽口《かるくち》が出る。ほどよくひきしまった上半身をにらむと、司はにやりと笑って真一の肩を突いた。

「おまえの方こそ痩せたんとちゃうのか。相変わらず細っこい体して」

「やかましい、筋肉男」

「そういう言い方するか。そうか。飯いらんのやな。そしたら俺一人で食おかな」

「嘘、嘘です。ほんまにカッコエエなあ司は。女の憧れ、男の鑑《かがみ》」

「そんな当たり前のこと言うて褒《ほ》めたつもりか」

「うわっ、めちゃめちゃ厭味《いやみ》やわそれ」

「ほんまのこと言うて何が悪い。俺は今年の好きな男ナンバーワンやぞ」

「その口、いっぺん縫《ぬ》いつけたろか。世の中のためにならん」

司の手がまた飛んできそうになるのを、真一は笑いながらよけた。

軽口のたたき合いなどいつものことだ。普段から関西言葉を使っている真一も、標準語を使う同級生たちの中では遠慮して話すことが多い。だからこうして気がねなく使い慣れた言葉を話せる時間は貴重だ。しかも話す相手は付き合いの長い司である。誰といるよりもリラックスできる。

「しょうもないこと言うてんと、早よ準備せえ」

鼻の頭に皺《しわ》を寄せる司がやけに子供っぽく見えて、真一はそっと笑った。

ストイックでセクシー。

若い女性向けの雑誌のインタビューに答えた司を、編集者がそう評していた。確かに男の目から見ても、司は年に似合わない大人の魅力を持っている。あのポスターにも、その魅力が前面に表現されていた。真一も一瞬、見惚《みと》れてしまったほどだ。

しかし、子供っぽい顔も間違いなく司の一部なのだ。

真一だけが知っている、もう一人の高梨司。

「おいコラ、何にやにやしてんねん。おまえのことや、またしょうもないこと考えてるんやろ」

「何でもないて」

「何でもないのに笑うな。気色《きしょく》悪い」

それでもつい、真一は笑ってしまった。

「大学の方、どうや」

モノトーンのソファセットに食後のコーヒーを運んできた司が尋《たず》ねる。

「どうって別にいつも通りや」

ありがとう、とコーヒーを受け取り、真一は答えた。味けないインスタントでも、司に入れてもらうとおいしく感じられる。下宿で一人で飲むのとは大違いだ。

「そろそろ本格的に就職活動が始まる時期とちゃうのか？」

「まあな」

「どないするんや。地元に帰るんか」

隣に腰かけた司が真剣な面持《おもも》ちで聞いてくる。

自分の仕事の話はほとんどしないのに、真一の近況はしっかり聞きたがる。これといった変化のない日常を送っている真一としては、話すことがなくて困ることもしばしばだ。

「まだわからん。一応教職《きょうしょく》とってるけど、こんな時代やから採用してもらえるかどうかわからんし、普通の就職活動もせなあかん。おまえみたいな、そいつでなかったらあかんていう仕事が見つかれば一番ええんやけど」

真一は笑ってコーヒーをひとくち飲んだ。司は器用に肩をすくめる。

「俺かて同じや。この商売、いつ食えんようになるかわからん。今のうちにせいぜい金ためとかな」

「……それが天下の高梨司の言うことか」

「何が天下や。同じやって言うてるやろが。人気が上がるのが速かったさかい、落ちるのも速いかもしれん」

「えらい懐疑的《かいぎてき》やな。おまえの才能はほんまもんやと思うで。それに好きなんやろ、芝居」

司の方を向くと、ばちりと視線が合った。

またや、と真一は思った。

また、あの視線だ。錯覚《さっかく》などではない。

いつもと同じではない。今日の司はやはりどこかおかしい。

「……どないしてん」

「ちょっと疲れた」

「せやからさっき俺が……、てちょっと、何してんねん司」

司は手にしていたカップをテーブルの上に置くと、おもむろに体を横にした。日に焼けた滑《なめ》らかな項《うなじ》の見える頭が、制止する間もなく真一のジーンズの膝《ひざ》を陣取《じんど》る。

「映画の話がきてるねん」

危うく落としかけたカップを何とか安定させている間に、司が言った。

「そら、良かったやないか」

急に何するんやという非難の言葉は、司の真面目な口調のために口に出すことができない。

同時に膝の上の頭をたたいて払いのけることもできなくなってしまった。

「ちゃんと話が決まって撮影に入ったら、しばらく会えへん」

「したら俺もその間せいぜいきばって仕事探すわ。お互いがんばろうや」

何となく的外《まとはず》れな答えをしてるな、と真一は思った。今言った答えは、司が欲しがっている言葉とは違う。しかし、どんな言葉を言えばいいのかはわからない。

真一は形のいい耳と閉じられた切れ長の目許《めもと》を見下ろした。

怒っているのか、すねているのか、悩んでいるのか。

「なあ、どないしたんやほんまに。ちゃんと言うてくれなわからへんやん」

「……言うたかて、しゃあないことや」

「言うてもみんとようそんなこと言うわ。ガキやあるまいし」

「どうせ俺は年下やからな」

「またそんなしょうもないこと……」

真一はため息をついた。司の頭を動かさないようにゆっくりとカップをテーブルに置く。

仕事のことで司がこんな態度をとったことはない。

真一は考えを巡《めぐ》らせた。

「ひょっとして女か？」

「女……？」

膝の上の頭がわずかに動く。

それしか思いつかなかった。高校一年のとき以来、司は真一に女性の話をしたことがない。それだけに、今更相談できないでいるのかもしれない。

司に付き合ってくれと告白されて断る女性など想像できなかったが、相手が既婚者《きこんしゃ》という可能性もある。真剣に想っているのなら、軽々しく告白などできまい。

「好きな人ができたけど、相手にされてへんとか」

真一が言うと、司は一瞬沈黙した。しかし次の瞬間、何がおかしいのか、体をくの字に曲げて笑い出す。真剣に考えて出した結論だっただけに、真一はむっとした。

「失礼なやっちゃな。何がおかしいんや」

「真一、おまえ鋭いんか鈍《にぶ》いんかようわからんな。こら傑作《けっさく》や」

真一は眉をひそめて膝の上を占領《せんりょう》したままの司の頭を見下ろした。

「どういう意味やねん。俺は真剣に考えてるんやぞ」

「俺かって真剣や。真剣に笑えるんやからしゃあないやろ。うう、苦しい……」

司は再び声を殺して笑い始める。

真一が更に文句を言おうとしたとき、ピンポーン、と軽やかにチャイムの音が鳴った。

「誰か来た」

真一は立ち上がろうとするが、膝の上の司の頭は動かない。

「コラ、起きろ、待たせたら悪いやろ」

「ファンの悪戯《いたずら》かもしれん」

「アホ。大事な客やったらどないすんねん」

「何かあったら西尾さんから電話がかかってくるって。放《ほ》っといたらええねん」

司のマンションはオートロックになっていて、構内へと続く自動ドアの手前にあるボタンで部屋の番号を入力し、インターホンで呼び出して住人の許可を得なければ中に入れない。

またピンポーン、と軽やかな電子音が鳴って、真一は膝の上の司の頭をコツンと小突《こづ》いた。

「放っとくわけにはいかんやろが。とにかく出ろ」

「めんどくさい……」

「コラ司、ええ加減にせえ」

ようやく上体を起こした司の背を押す。自分がいることで、司の仕事上の人間関係に傷をつけたくない。

司はうーんと伸びをすると、大袈裟《おおげさ》に舌打ちしながら玄関に据え付けられたインターホンに向かった。そのスラリとした後ろ姿を見送り、真一はそっとため息を落とす。

女ではないとすれば、あのポスターのせいだろうか。

いいポスターだと思った。遠くにある大切なものだけを、ひたすら求めるような視線は、若い女性たちを虜《とりこ》にするはずだ。その視線が自分に向けられていると感じる女性は多いに違いない。ポスターをプレゼントするとでも言えば、不景気で売れ行きが伸び悩んでいるジュエリーも、飛ぶように売れるだろう。

司はいい仕事をしたと思う。いい仕事ができたということは、周囲のスタッフともいい関係でいられたのだろう。それなのに何が不満なのか。

「何やねん、腹立つ」

ぶつぶつと不機嫌な声が聞こえてきて、真一は物思いから覚めた。

「どないした」

「誰も出よらん。やっぱり悪戯や」

玄関から戻ってきた司は、乱暴な仕種《しぐさ》で真一の隣に腰かけた。

「どうやって住所を調べてくるんか知らんけど、最近増えてきてるんや。そろそろ引っ越した方がええかもしれん」

苦々《にがにが》しげに言い捨てた司に、真一は眉を寄せる。有名になればなるほど、プライバシーを守ることが難しくなる。もともと何事につけても他人に干渉《かんしょう》されるのが嫌いな司は、今の状況を窮屈《きゅうくつ》に感じているのかもしれない。

「おまえ、そのことで悩んでるんか？」

司の心中《しんちゅう》を計《はか》ろうと、真一は漆黒《しっこく》の瞳をじっと見据えた。女でもない、仕事でもないというのなら、それしか思い付かない。

「悪戯が増えてきたから、ストレスがたまってるんか？」

更に問うと、司は数回瞬《まばた》きした。端整な顔に、笑っているような、それでいて泣いているような、複雑な表情がゆっくりと広がってゆく。そして同時に、切れ上がった瞳から放たれる視線にも次第に熱が絡《から》んできた。

またや、と真一は再び思った。

何でそんな目ぇするんや。

高校時代と同じだった。声が出ない。体が動かない。

真一の何もかもが、その強い視線に奪い取られてしまう。

「司……？」

やっとの思いで呼ぶと、司はまた瞬きした。そしていとも簡単についと視線をそらす。途端《とたん》に緊張していた体から力が抜けて、真一は思わずため息をついた。

「……司。俺は芸能界のことはようわからん。せやから、ちゃんと言うてくれなわからへん」

ようやく取り戻した声で言うと、司は長く重い息を吐いた。

「この仕事続けてく以上、プライバシーが守りにくうなるんはある程度は覚悟してたことや。そんなもんで動揺するようなヤワやない」

独り言のようにつぶやいた司は、もう真一に視線を向けようとはしなかった。フローリングの床に落とした目許には表情がない。その横顔は、食らいつくように見つめてきたさっきの様子とは打って変わって、真一を拒絶しているかのように冷たかった。

「おまえがそう言うんやったら、そんでええけど……」

真一は口ごもった。女の子をもてあそぶな、真面目に付き合えと何度言っても聞いてくれなかった頃の司に戻ってしまったような錯覚に陥《おちい》る。何を言えばいいのか、どうすれば司が落ち着くのかがわからない。こんなことは、高校一年のとき以来、初めてだ。

司は疲れてるんや、と真一は自分に言い聞かせた。ドラマにCM、雑誌の取材と、最近の司は忙しいことこの上ない。

俺なんかと無駄口《むだぐち》たたいている場合やない。休まなあかんのや。

「司、俺もう帰るわ。今日は夕飯とコーヒー、ありがとうな」

言いながら立ち上がると、司は不意打ちをくらったように視線を上げた。

「帰るって何で……」

驚きの表情を無防備にさらす司に、真一は苦笑する。

「何ちゅう顔してんのや。疲れてるんやろ。カップは洗《あろ》て帰るし、もう休め」

「疲れてへん」

むきになって言い返してくる司をそのままにして、真一は二人分のカップをキッチンに運ぶ。

すると、司は追いすがるように後をついてきた。

「ほんまに疲れてへんのや」

「嘘つけ。明日も仕事あるんやろ。そんな疲れた顔してたらええ仕事できんのとちゃうんか」

「大丈夫や、疲れてへん。ほんまや」

「疲れてる」

「大丈夫やて言うてるやろが」

怒ったように言った司は、流し台でカップを洗い始めた真一の腕をぎゅっとつかんだ。その子供じみた仕種がなぜか嬉《うれ》しくて、真一は思わず微笑する。

「知ってるか？　大丈夫やて言い張る奴は、たいがいほんまは大丈夫やないんやで」

ふざけ半分に言って肘《ひじ》で脇を突いてやると、それほど強く突いたわけでもないのに、司は辛そうに眉を寄せ、ぎゅっと唇をかみしめた。そしてゆっくりと真一の腕から手を離す。

「司？」

「……そしたら、下まで送る」

これだけは絶対に譲《ゆず》らないと宣言するようにきっぱりと言われて、真一は戸惑《とまど》った。

やっぱり変や。

下まで送るなんて、司は今までそんなこと、一回も言うたことないのに。

「そんなん別にええよ」

洗い終えた手をタオルで拭《ふ》きながら言うと、司は頑是《がんぜ》ない子供のように首を横に振る。

「出入り口のとこまで送る」

「ええって。子供やないねんから」

「送る」

脅迫《きょうはく》めいた物言いに逆らえず、真一は反射的に頷いてしまった。

すると、司はひどく満足そうに微笑《ほほえ》んだ。

「そしたら、コートとバッグ取ってきたるわ」

急に上機嫌ともとれる声音《こわね》になった司に、真一は心の内だけで首を傾《かし》げる。

こんなんは司らしいない。

いったい何があったんやろ？


「もうすぐクリスマスやなあ」

階下へと下るエレベーターの中でつぶやいた司に、真一は笑う。

「どこがもうすぐや。まだたっぷり一ヵ月はあるやないか」

「もう一ヵ月しかないとも言う。おまえ、何か予定入ってるんか？」

覗き込むようにして問われて、真一は苦笑した。

普段着の上にブルゾンをはおっただけなのに、司のスラリとした立ち姿は一際《ひときわ》洗練されて見える。隣に立っているのが恥ずかしいぐらいだ。

「あのなあ司。さっきも話した通り、今の時期、皆就職活動で手いっぱいなんや。チャラチャラ遊んでる暇なんかない」

「ほんまに？　オンナっけなし？」

「ほんまや。嘘ついてどないすんねん」

至極《しごく》真面目に応《こた》えると、司はふうん、と頷いた。その整った横顔が微《かす》かに笑っているような気がして、真一は眉を寄せる。

「何がおかしいねん」

「別に」

答えた声が弾《はず》んでいる。

「何やねん、俺のクリスマスの予定がないんがそないにおもろいか」

いいや、と首を横に振りながらも、司はにやにやと笑っている。本来なら、その無遠慮な反応に腹を立てるべきなのだろうが、真一は寧ろほっとした。

そないに心配することもないんかもしれん。現に今の司は、いつもと同じやし。

「そうやってずっと一生笑《わろ》てたらええわ、アホ」

わざと不機嫌《ふきげん》な声音で言うと、チン、と乾いた音がして、ちょうど一階に着いた。扉がゆっくりと開く。まだにやにやと笑い続けている司の肩に自分の肩をぶつけながら、真一はエレベーターを降りた。

「コラ、マジで笑いすぎやぞ」

言った途端に、芯《しん》まで冷え切った空気が足下から這《は》い上《あ》がってくる。真一は思わず首をすくめた。前を開けたまま着ていたコートのボタンを慌《あわ》ててはめる。

「うわっ、寒う。司、風邪ひかんようにせえよ」

司はその仕種を見下ろし、またにやりと笑った。

「大袈裟《おおげさ》なやっちゃな。そないに寒いことないがな。おまえの方こそ、クリスマスの予定もないのに風邪ひくなよ」

笑いを含んだ声で言われて、真一は眉をひそめる。

「どういう意味やねん」

「そらおまえ、ただでさえ寂《さび》しいクリスマスやのに、風邪までひいてたらシャレにならんやろが」

「そらそうやけど……。おまえの言い方、何やムカつくなあ」

いつも通りの軽口に、真一はまた安堵《あんど》する。あの強い視線も意味深《いみしん》な態度も、きっと疲れのせいなのだろう。気にすることはない。

言うとくけど別に予定がないからって寂しいことないからな。ほんまか？ ほんまや。寂しいてカオに書いたあるで。やかましい余計なお世話や、と言い合いながら入口を出ると、吐き出す息が真っ白に染まった。

「寒……」

予想していた以上の寒さに、思わず立ち止まる。すると、待っていたかのように、脇にある植え込みから人影が飛び出してきた。

「あ……」

真一は思わず小さく声をあげた。

行く手をふさぐように立ったのは、クリーム色のハーフコートを着た華奢《きゃしゃ》な女性だった。こぼれ落ちそうな大きな瞳と、こげ茶色のロングヘアが印象的だ。無意識のうちに愛玩《あいがん》用の小動物を連想したのは、彼女がどこか脅《おび》えているような表情をしていたからだろう。

児島彩花《こじまあやか》。

確かそんな名前だった。

司がデビューしたばかりの頃に一度、ドラマで共演したことがあるアイドルだ。

「あの、司君、わたし……、急にごめんなさい」

少し高めのかわいらしい声は、弱々しく震えていた。今にも泣き出しそうだ。

肝心《かんじん》の司はといえば、不審《ふしん》そうに眉をひそめている。

「さっきのチャイム、あんたやったんか?」

険《けん》のある口調に、彩花はうつむいてしまう。

サラリと華奢な肩から流れ落ちたこげ茶色の髪を目の当《ま》たりにして、ああ、そうか、と真一はようやく悟《さと》った。バラバラになっていたパズルのピースが、一瞬で収まるべき位置に収まったような気がした。

やっぱり、女やったんや。

思わず苦笑が漏《も》れた。

心配して損した。高校んとき散々《さんざん》女関係で俺に迷惑かけたから、言い出せへんかっただけなんや。

「司、俺帰るから」

がんばれよ、という意味を込めて司の肩をポンとたたき、踵《きびす》を返す。

「真一」

視界の端をかすめた司のすがるような目が気になったが、真一は振り向かずに歩き出した。振り向いて、二人が一緒にいるところを確かめることが、ひどく下劣《げれつ》な行為に思えた。

かわいい子やった。こんな寒いのにわざわざ会いに来たぐらいや。司の奴、俺に見られたからあんな言い方したけど、ほんまは付《つ》き合《お》うてるんやろな……。

司は、本当に好きな相手を見つけたのだ。ポスターのあの視線は、彼女に投げかけられたものだったのだろう。

そう思った途端、刺すようにズキンと心臓が痛んだ。強く吹きつけてきた冷たい風のせいだと言い切るには、やけに苦い痛みだった。

「……何でやねん。よかったやんか」

クリスマス用のイルミネーションが少しずつ増え始めた気の早い街を歩きながら、真一はつぶやいた。つぶやきと共に吐き出された白い息が、光を反射して明るく輝く。

遊びではなく本気なら、反対する理由などない。真一自身、司が真剣な恋愛をすることを望んでいた。それに、真一が知らないだけで、司には今までにも真剣に付き合った女性がいるはずだ。いない方がおかしい。頭ではわかっている。

しかし実際に、こうして相手の女性の顔を見たのは初めてだ。

守ってやりたくなるような、線の細い、儚《はかな》げな女の子だった。司が高校一年のときに付き合っていたタイプとは全然違う。

真一の知らない司を見せつけられたようで、なぜか寂しくなった。こんなことならちゃんと紹介してもらった方が、気が楽だった。

「……友達に恋人ができて寂しいやなんて、女のコやあるまいし」

これからは、今日のように二人で食事をとることは少なくなるのだろう。実際、今まで続いてきたことの方が不思議なのだ。

卒業、ということかもしれない。学生生活と共に、司との時間も終わるのだ。

そう考えるとまた、心臓が不穏《ふおん》な音をたててきしんだ。

講義が始まる十分前だというのに、百人程度入れる教室には、ほとんど人影がなかった。必《ひっ》修《しゅう》ではない講義だが、これほど少ないのは珍しい。

キョロキョロと辺りを見回していると、声がかかった。

「渡部《わたべ》君、おはよう」

同じゼミの女子学生が、中程の端の席で手を振っている。

「おはよう。今日はまたえらい少ないなあ」

「出席とらないんだもん、仕方ないよ。就職活動始まってるしね」

真一《しんいち》は、彼女の斜め後ろの席に座った。

「私も明日面接なんだ。渡部君はどうするの？　地元に帰る？　それともこっち？」

「まだはっきりとは……」

「いいよね、男は。文系の四大《よんだい》卒の女なんて、はっきり言って地獄だよ」

ため息まじりのセリフには実感がこもっている。景気が上向《うわむ》いているのは、ごく一部の企業だけで、ほとんどの企業はまだ先の見えない不景気に喘《あえ》いでいるのだ。当然、新卒《しんそつ》の採用も厳しい。

「地獄は俺も同じやで。お互い辛抱《しんぼう》や」

「辛抱して決まればいいけど、これぱっかりはどうなるかわかったもんじゃないし」

「それを言うたらおしまいやで」

「ほんとに笑えない話……」

そう言いながらも、真一たちは顔を見合わせて力なく笑った。

司《つかさ》とはもう一週間ほど会っていない。電話で話してもいない。

あの日から、なぜかずっと司の恋人のことが気になっている。いずれちゃんと司に話を聞いてみたいが、聞いたところで何がどうなるわけでもない。

司が真剣なら、それでいいではないか。

何が気に入らない？　何が気にかかる？　紹介してもらえなかったから？

司は仕事を持っている独立した社会人だ。もう高校生ではない。いちいち高校時代の友人に恋人を紹介している暇《ひま》などないだろう。真一には司の全てを知る必要も権利もないのだ。

いずれ真一にも恋人ができる。結婚もする。友人として付き合っていく上で、恋人の存在が邪魔になることなどないはずだ。

友達は友達。何も変わらない。子供じみた独占欲など、司にとっても迷惑だ。

それよりも今は、自分自身の将来のことを真剣に考えなければいけない時期である。

いくら相手が司でも、他人の恋路《こいじ》を気に掛けている場合ではない、と真一は自分を叱咤《しった》した。

「ほんとに最近ついてないのよね。アコガレのツカサには女の噂が出るしさ」

ため息と共にぼやかれたその言葉に、真一はハッと顔を上げた。

「ツカサ、て……高梨《たかなし》司？」

今さっき、気に掛けている場合ではないと思ったばかりなのに、ドキンと心臓が跳《は》ねた。

「他に誰がいるっていうのよ。マンションから出てきたところを撮られたらしいのよね。ほらこれ見てよ、今朝発売の週刊誌」

差し出された週刊誌には、粒子《りゅうし》の粗い白黒の写真が紙面に大きく載っていた。

間違いない。司のマンションだ。

華奢《きゃしゃ》な女の子と司が、植え込みの脇で向かい合っている。明らかに隠し撮りだとわかるその写真にかぶせるように、センセーショナルな見出しが躍っていた。

高梨司に通い妻発覚！　お相手はアイドルの児島彩花《こじまあやか》！

あのときの写真や、と真一は直感した。

真一が去った後に隠し撮りされたものらしい。

「でもこれって絶対売名《ばいめい》だと思うのよね。最近児島彩花って全然売れてないし、ツカサは利用されたのよ。第一こんな写真、抱き合ってるわけでもなきゃキスしてるわけでもないし、手もつないでないしさ。ただ偶然マンションの前で会っただけかもしれないじゃない。信憑性《しんぴょうせい》薄いわよ。そう思うでしょ？」

「……さあ……」

真一は曖昧《あいまい》に首を傾《かし》げた。普段なら、こんな記事など信じない。しかし、わざわざ司のマンションまで訪ねてきた児島彩花の顔を、この目ではっきりと見たのだ。信じるも信じないもない。これは事実だ。

「さあって、渡部君、児島のファン？」

「いや、そういうわけやないけど……」

「ジュエリーのポスターも話題だし、みえみえじゃない。こんな女と噂たてられちゃって、ツカサもいい迷惑よねっ」

パール色の爪がピシ、と児島彩花の頭を弾《はじ》く。真一は頷くこともできずに、ぼんやりと写真を眺めた。

確かに今の時期にスキャンダルが出るのは、司にとってマイナスだ。

何ですぐにマンションに入らへんかったんやろう。せめて植え込みの陰に隠れるとかしたら良かったのに。

こんな写真を週刊誌に撮られるなんて、仕事とプライベートが絡《から》むことを嫌う司らしくない。

「けど、これじゃあ逆効果よ。児島って、ただでさえ同性に嫌われるタイプなのに、ツカサとどうこうってなったらもうおしまいね。女は全部敵にまわしたと見ていいよ」

憤然《ふんぜん》とまくしたてられて苦笑していると、バッグの中の携帯電話がピリリリ、と鋭い音をたてた。

「ちょっとごめん」

今の着信音は、司からだ。バッグをつかんで、慌《あわ》てて席を立つ。

真一は携帯電話を二つ持っている。ひとつは大学やバイト先の友人用の携帯で、もうひとつは司専用の携帯だ。司からの連絡を誰にも邪魔されないようにと、上京したときから二つ分の料金を払い続けている。

教室を出た真一は、廊下の柱の陰で鳴り続けている携帯を取り出した。辺りに人気がないことを確認して、ボタンを押す。

「もしもし」

耳にあてた途端に、強烈な怒鳴《どな》り声が耳を突いた。

『真一！　今すぐ来い！』

反射的に携帯を耳から離して、首をすくめる。鼓膜《こまく》を破りそうな大声だ。

「ちょっ……、声でかい」

『うるさい！　すぐ来い！　ええな！』

雷のような声で怒鳴って、電話はぷつりと切れた。

「……何やねん……」

怒っている。それもこれまでになく、烈火《れっか》のごとく怒っている。司のあんな声を聞いたのは初めてだ。こんな時間に電話があったのも初めてだ。

さっきの記事のことだろうか。児島彩花とのことを黙っていてくれと言いたいのか。

しかしそれなら怒る必要はない。頼めば済むことだ。

司の頼みなら、どんなことがあっても誰にも話さない。

信用されていないのか？

真一は唇をひき結んだ。

この間会ったとき様子がおかしかったのは、彼女のせいだけではなかったのかもしれない。

きっと他にも、何かあったのだ。

始業のチャイムが鳴り始めていたが、真一はためらうことなく駆け出した。

気ぃつけた方がええよ。彼、とんでもない爆弾抱《かか》えてるから。

忘れかけていた言葉が、ふいに耳に甦《よみがえ》ってきた。


高校一年のとき、一番最後に司に恋人だと言って紹介された中川万理子《なかがわまりこ》のことは、よく覚えている。彼女も例外なく司に捨てられた。そしてまた例外なく、真一のところにやって来た。

最初はただ悔しいと泣く彼女をなだめるだけだった。またかという腹立たしさと、万理子を気の毒に思う気持ちとが半々だった。だから初めは同情だった。

しかし、会ってくれと請《こ》われて話を聞いているうちに、いつのまにか司の話はしなくなった。二人で映画を見たり、ショッピングに行くようになった。気が強いけれど、同時に何もかも包み込むようなおおらかさを持った万理子にひかれた。当時の真一にとっては、司といるよりもずっと楽しかった。万理子は司に一方的に振られたのだから、司に対して後ろめたさは感じなかった。

しかし、二人の関係が恋人に発展しそうになる直前に、万理子から突然別れを告げられた。もう会えない、と万理子は言った。なぜだと問うと、彼女はため息をついた。そしてまっすぐに真一を見つめて言ったのだ。

気ぃつけた方がええよ。彼、とんでもない爆弾抱えてるから。

彼て誰や。爆弾て何のことや。

嫌われる理由がわからず、詰問《きつもん》した真一に、万理子は唇を歪めるようにして笑った。

高梨司のことや。

その答えに、真一は言葉をなくした。意味がわからなかった。司はまだ万理子に未練があったのだろうかと考え、いや、そんなはずはないとすぐに否定した。未練があるなら、別れなければよかったのだ。もっと早く、万理子と話し合えばよかった。

とにかくもう会われへんねん。ややこしいことに巻き込まれるんはごめんや。

司が何か言うたんか？　まだ好きやって？

呟《せ》き込《こ》むように問うと、万理子は苦笑した。

ちゃうちゃう。そんなんとちゃうよ。司は最初からわたしなんかに興味ないねん。さよならすることは、わたしが自分で決めたんや。軽い気持ちで司に近付いたわたしもアホやった。他人の嗜好《しこう》に口出すんは趣味やないし、後は勝手にしたらええわ。

嗜好て何や、意味がわからん、説明してくれ、と真一は更に問い詰めたが、万里子は曖昧に笑うのみで、答えてはくれなかった。彼女の中では、もう何もかもに決着がついてしまっているようだった。女が一度決めてしまったことは、そう簡単に覆《くつがえ》すことができない。そのことは、司の恋人たちの相手をしてきた真一にはよくわかっていた。だからそれ以上は何も言えなかった。

万理子が去ってから後、司は真一に恋人を紹介しなくなった。それから今のような居心地《いごこち》のいい友人関係になれたのだ。

万理子が言った爆弾とは何なのか。それはいまだにわからない。司本人に聞くわけにもいかずに今日まできた。穏《おだ》やかな友人関係の中では、聞く必要もなかったのだ。ここ数年、司の順調な仕事ぶりを見守るうちに、万理子と話したことすら忘れかけていた。

週刊誌にスクープ記事が載ったのは、今回が初めてではない。今までにも何回か、根も葉もない噂が流れた。しかし、当の司は全く気にする様子もなく平然としていたのだ。

今回の記事にだけ過剰《かじょう》な反応を示すということは、それだけ本気だということか？

それとも爆弾は、何か別のものなのか。

何にせよ、放っておくわけにはいかない。


司《つかさ》のマンションにたどり着くころには、すっかり息があがっていた。駅から一度も休まずに走ってきたので、足が震えている。インターホンで来訪《らいほう》を告げると、返事もそこそこにすぐ様《さま》ロックが解かれた。

これで何もなかったらアホみたいや。

そう思いながらエレベーターに乗り、五階の一番端にある司の部屋まで全速力で駆けた。

既に見慣れたドアの前で、何とか息を整えながらチャイムを押す。すると、思ったよりもずっと早くドアが開いた。声をかける間もなく強い力で腕をつかまれ、中にひきずり込まれる。

「いたっ、痛い！　何すんねん！」

「これは何や！」

いきなり怒鳴った司は、真一《しんいち》の鼻先に週刊誌を突きつけた。

「何って……」

さっき大学の教室で見せてもらった週刊誌だ。

「この写真を持ち込んだんは、俺の知り合いやと書いてる！」

週刊誌が床に投げつけられた。腕を解放されたかと思うと、コートの襟元《えりもと》を思い切りしめあげられる。怒りで紅潮《こうちょう》した司の顔が間近に迫《せま》った。

「あの晩彼女がここに来たことを知ってる俺の知り合いはおまえだけや！」

燃えるような激しい色を映した瞳がにらみつけてくる。真一は息苦しさに眉を寄せながら、その視線を見返した。

司のこんな激しい怒りを見るのは初めてだ。

しかも、その怒りは自分に向けられている。

そう理解するのに、数秒を要した。

「俺が何をしたって……」

「とぼけるな！」

吠《ほ》えるように怒鳴られて、真一はびくっと肩をすくめた。

司が何を言おうとしているのか理解できない。

呆然《ぼうぜん》として何の反応も示さない真一に、司は更に詰め寄る。

「そいつはな、俺がマジメに彼女と付き合うんは大賛成やと言うたそうや。こうして証拠を残したら遊べんようになるさかい、ええクスリやって！」

襟元をしめあげる手に押されて、真一は壁にぶつかった。押し返すことを考えつきもせず、ただぼう、と司の顔を見上げる。

形のいい眉がつり上がっている。いつもは涼しげな目許《めもと》が紅《あか》い。鋭いラインを描く頬は激情に震えている。

誰も見たことがないだろう高梨《たかなし》司の憤怒《ふんぬ》の表情がそこにあった。そしてその怒りは、真一ただ一人に向けられている。

真一は、ぞくりと鳥肌が立つのを感じた。自分でも肌が粟立《あわだ》った理由がわからないまま、わずかに身じろぎする。同時に、止まっていた思考回路がゆっくりと動き出した。

「どういう、意味や。おまえ……、何が言いたいんや」

やっとの思いで言い返すと、司の拳《こぶし》が真一の頬をかすめるようにして壁を殴りつけた。ドン、という鈍《にぶ》い音が耳元でこだまする。

「しらばっくれるな！　おまえがタレこんだんやろ！」

「……タレこんだって、何を……」

「あのくだらん記事に決まっとるやろ！　いくらで売ったんや！」

「売ったて……」

「さっき見せた記事や！　まだとぼけるつもりか！」

漫才《まんざい》のボケとツッコミみたいやな、とふいに真一は思った。

そんな風に思わなければ、この場にいられない。

司は俺を疑《うたご》うてる。

はっきりそう認識した次の瞬間、肌の上を走る寒気はひいた。かわりに、腹の底がすうっと冷たくなる。

「俺が、あの子とおまえのことを週刊誌に売ったて、言いたいんか」

真一は努《つと》めて静かな声で言った。司は食い入るように見つめてくるだけで、頷きもしなければ首を横に振ることもしない。

「まさか本気でそないなこと言うてるんやないやろな、司」

真一は無意識のうちに笑った。しかし、司は笑わない。

「……俺の事務所も彼女の事務所も何も知らんかったんや。マスコミかて今朝の今朝まで知らんかったらしい。こうなったらもう、第三者のタレこみとしか考えられへん。それに……、真剣な恋愛なんて、おまえ以外の誰がそんなこと言うねん」

押し殺した低い声が吐き捨てる。

「第三者……」

真一は鸚鵡返《おうむがえ》しにつぶやいた。確かに真一は当事者ではない。しかし、司の口から直接聞かされたその言葉は、腹の底の冷たいものを沸騰《ふっとう》させるのに充分だった。

「本気で、俺やと思てんのか」

どうしようもない熱さが腹からせり上がり、止める間もなく喉《のど》の奥からほとばしり出た。

「司！　本気か！」

「おまえが高校んときに俺に言うたセリフと同じやないか！」

司の激高《げっこう》した端整《たんせい》な顔が、悲痛にゆがんだ。

「マジメに付き合えって、おまえは一回痛いめに遭《あ》わなあかんて言うたやろ！　忘れたとは言わせん！」

「忘れてへんわ！　せやからって俺がこんなゲスな真似すると思たんか！」

理性とは別のところで出た声が、キンと自分の頭に響いた。

本気ではないと思いたい。いや、疑ったのならそれでもいい。

今、俺の間違いやったと、冗談やと、そう言ってくれさえすれば。

しかし司は黙っている。全身に激しい怒りを滲《にじ》ませたまま、ただ真一をにらみつけている。

真一は込み上げてくる激情に目眩《めまい》を感じた。みっともないとわかっていても、声が震えるのを止められない。

「どないしたんや司……。週刊誌の記事なんか、デタラメばっかりやから……、気にすることないいて言うてたやないか……！」

真一をまっすぐににらみつけたまま、司はうめくように低く怒鳴る。

「あの女が……、ここに来たことは、事実や……！　それに、おまえが彼女を俺の恋人やと勘《かん》違《ちが》いしたんも事実やろうが！」

「違うんか」

「違うに決まってるやろ！　俺が好きなんは……！」

司は言いかけた言葉をぐっと飲み込んだ。ふいに強くつかんでいた真一の肩を放し、視線をそらす。

真一はその端整な横顔に、胸がしめつけられるような感じを覚えた。

司には好きな人がいる。児島彩花《こじまあやか》ではなかったというだけで、他に心を奪われた相手がいるのだ。

真一には言えない大切な相手が。真一を疑ってでも守りたい相手が。

「ほんまに、俺やと思てるんやな……」

悲痛にゆがんだ横顔は、彫刻《ちょうこく》のようにぴくりとも動かない。何の答えも返ってこない。

ともすれば呼吸さえもできなくなりそうな感情の嵐の中で、真一はつぶやいた。

「……信じてもらえてるて思てたのに……。友達やって……、思てたのに」

「友達……？」

ゆっくりと、司の視線が真一に向けられた。唇にはうっすらと笑みが浮かんでいる。

目の前で見せつけられた司のその反応を信じられないでいた真一は、次の瞬間、もっと信じ難《がた》い言葉を聞いた。

「友達やなんて、いっぺんも思たことない」

真一は考えるより先に、司を突き飛ばした。そしてそのまま後も見ずに駆け出した。ドアを開け、マンションを出て、やみくもに走る。ただ逃げ出したい一心で。

友達やなんて、いっぺんも思たことない。

司の声が頭の中で何度もリフレインしていた。


どうやってアパートまで戻ったのか、真一自身、よく覚えていない。マンションの前に集まり始めていた取材陣の間をすり抜け、ひたすらに走ったことだけは、かろうじて記憶にある。

真一が漸《ようよ》う帰り着いたアパートで一番にしたことは、司専用の携帯電話の電源を切り、机の引き出しの奥にしまい込むことだった。五感が全て麻痺《まひ》してしまったような感覚に、そのまま畳の上に倒れ込んだ。自分の吐く息の音がやけに耳障《みみざわ》りだった。

友達だと思っていたのは、真一だけだったのだ。万理子《まりこ》が気をつけろと警告したのは、このことだったのかもしれない。一方的な信頼がいつか裏切られることを、彼女は予測していたのかもしれない。

けど、そんなら何で司は今まで俺と一緒におったんや。何でわざわざ呼び出して、会う時間を作ったりしたんや。

真一は司が利用できるものなど何も持っていない。どこにでもいる平凡な学生で、特別な才能があるわけでもない。ただ高校時代の同級生であるだけだ。

友達やなんて、いっぺんも思たことない。

司の声がまた脳裏《のうり》でささやいて、真一は思わず耳を覆《おお》った。

どんな疑問も差《さ》し挟《はさ》む余地がない。司本人がそう言ったのだ。だからそれが真実なのだ。真一にはどうすることもできない。

「何で今頃……」

なぜ騙《だま》し続けてくれなかったのか。なぜもっと早く、おまえなんか友達やないと、はっきり言ってくれなかったのか。そうすれば傷は浅くて済んだはずだ。

真一の方からは、一度も会おうと連絡を入れたことがない。だから仕事の邪魔はしていないと思っていたが、本当は真一という存在だけでも邪魔だったのではないか。

再び考え始める自分に、真一は泣き出しそうになった。

考えても答えは同じだ。

司は俺を友達やと思てへんかった。ただそれだけのことや。

きつく目を閉じていても、司の火のような目がまっすぐににらみつけてくる。

胸がしめつけられるように苦しい。息がつまって呼吸ができない。こめかみの辺りがズキズキと痛みを訴《うった》える。

今自分が支配されている激情が、疑われたことへの怒りなのか、それとももっと別の感情なのか、真一にはもう判別することができなかった。

「司……！」

無意識のうちにうめいたその名前に、真一は全身がびくりと震えるのを感じた。

友達だと、誰よりも信じられる親友だと思っていたのに……。

渡部《わたべ》。

最初はそう呼ばれた。

あれは、まだクラスメイトの顔も覚えきれていなかった高校一年の春のことだ。

入学式のときから、端麗《たんれい》な容姿と大人びた雰囲気《ふんいき》の両方を兼《か》ね備《そな》えた司は、遠目でもすぐに見分けがつくほど目立っていた。そんな彼に女子生徒たちはキァアキャアとかしましく騒ぎたて、反対に男子生徒たちは羨望《せんぼう》と敵意を混ぜ合わせたような複雑な態度をとっていた。司本人は何も特別なことをしていないのに、周囲が勝手に騒いでいるような状況だったのだ。

そんな中、何の因果《いんが》か、くじ引きで決めた席順で、真一と司は隣り合わせになった。

入学式で司を見たときから、俺には縁のないタイプの奴やなあと思っていたこともあり、真一は、羨望を抱《いだ》くことも、ましてや敵意を抱くこともなく、ごく普通に司と接した。

もともと自分より一つ年下の同級生に囲まれて学校生活を過ごしてきた真一は、周囲の喧噪《けんそう》から一人ぽつんと取り残されてしまうことが多かった。もっともこれは年齢のせいではなく、ただ単に、人の輪の中心にいるよりも端にいた方が居心地《いごこち》が良いという真一の性格のせいかもしれない。

どちらにせよ、そんな真一だったから、司のことも、あれこれと飛び交う噂に振り回されることなく、一方的に騒がれて大変やなあと寧《むし》ろ同情した。

おまえも大変やなあ、高梨。

隣同士になった翌日、予習を忘れてきたという司に自分のノートを見せてやりながら、真一は言った。

司はシャーペンの動きを止めた。

何が。

何がって、別におまえは何にもしてへんのに、勝手にいろいろ騒がれてるやんか。外見と中身は別モンやのに、外見で中身まで決められてるみたいや。そういうのって、しんどそうやから。

司はノートの上にシャーペンを置くと、真一の顔をまじまじと見つめた。

あまりにも熱心に見つめてくるので、真一は思わず顎《あご》を引いた。

俺、何か気に障《さわ》るようなこと言うたかな……。

渡部。

しばらくの間真一を凝視《ぎょうし》していた司は、ふいに真剣な顔で呼んだ。そして次の瞬間、きれいに整った白い歯を見せて破顔《はがん》した。

真一。

初めて目にする司の鮮《あざ》やかな笑顔と、いきなり名前で呼ばれたという事実に、真一は面食《めんく》らった。ぽかんとしていると、司は再びシャーペンを手に取りながら言った。

俺のことは、司て呼べ。

強引な物言いだったにもかかわらず、真一はごく自然に頷いた。司の申し出に対して頷くことが、当然のように思えた。

教室には、クラスメイトたちの話し声や笑い声が満ちていた。窓から差し込む穏やかな春の日差しが、やけに眩《まぶ》しかったことを覚えている。

それは、六年前の懐かしい風景だった。

……ああ、俺は何で今頃こんなこと思い出してるんやろ。

あのときから司は俺のこと、友達やとは思てへんかったんやな。

六年間ずっと、友達やと思てなかったんや。

そう考えると、思い出は急激に遠くなり、色褪《いろあ》せた。

そして、真一はようやく気が付いた。

自分が泣いていることに。

「見て、とうとうガードマンついちゃった。テレビで言ってたのってほんとだったんだ」

「やっぱもっと早いうちに取っとけば良かったよね」

すれ違った女性たちがささやき合うのを聞いて、真一《しんいち》は顔を上げた。駅の構内に貼《は》られたポスターの中の司《つかさ》と目が合ったような気がして、慌《あわ》てて視線を前方に戻す。自然と唇からため息が漏《も》れ出た。

帰宅ラッシュで大勢の人たちが行《い》き交《か》っている。その人ごみに逆らうように、司のポスターの両脇にはいかめしい顔をした大柄のガードマンが立っていた。貼っても貼っても盗まれてしまうので、メーカーが警備を置いたのだ。そのことがまたテレビや雑誌で話題になり、ジュエリーの売れ行きはますます好調らしい。

親友を失ったからといって、真一には悲しんでいられる余裕などなかった。ゼミの友人たちもサークルの友人たちも、皆本格的な就職活動に入っている。その殺気立《さっきだ》った空気に後押しされるようにして、真一も真剣に活動を始めた。

司と喧嘩《けんか》別れしてからどこか麻痺《まひ》してしまった精神は一向《いっこう》に回復せず、三日ほど眠れない日が続いたが、活動を始めてからは疲れのせいでよく眠れるようになった。ベッドに入るとすぐに熟睡してしまうので、司のことを考えずに済むことは、ありがたいことだった。

駅を出ると、どこからともなくジングル・ベルが聞こえてきた。楽しげにぴたりと寄《よ》り添《そ》うカップルの姿が目につく。世間では、後五日でクリスマスだと騒いでいるが、真一はクリスマスどころではない。入学式のとき以来、一度も身に着けたことがなかったスーツを着ているせいか、落ち着かなかった。久しぶりの正装は疲れるだけで、気持ちを浮き立たせてはくれない。

ふと視線を上げると、また司のポスターが目について、真一はもう何度目かわからないため息を落とした。底冷《そこび》えした夕刻の風が、その白い息をさらう。

司と児島彩花《こじまあやか》のスクープ記事は、結局、全《まった》くの虚偽《きょぎ》ということで片がついた。司は、何本も向けられた取材陣のマイクに向かって、ただの知り合いです、とくり返し、児島彩花の事務所も答えを同じくした。肝心《かんじん》の児島彩花が取材陣の前に一向に姿を見せないことが気になったが、拍子抜《ひょうしぬ》けするほど早く決着がついた。

しばらくの間、司のマンションの前をうろうろしていたワイドショーや週刊誌も、最終的には、二人は全くの無関係であると報道した。児島彩花の売名行為《ばいめいこうい》という見方がほとんどだった。

人気が出る者と人気が落ちる者の差というのは、実に大きいですからねえ。今かなりの人気を誇《ほこ》っている高梨《たかなし》君だけに、利用されたんでしょう。

わけ知り顔のコメンテイターに、キャスターが神妙《しんみょう》な面持《おもも》ちで頷く、といった光景があちこちで見られるようになったのも束《つか》の間《ま》、人気女優と有名なスポーツ選手の不倫が取りざたされ、司と彩花の記事はものの一週間も経《た》たないうちに完全に忘れ去られたのだった。

真一はデパートのショウウィンドウに飾られたポスターの前で立ち止まった。

砂漠に立ち尽くす長身の男を見上げる。

何もないのなら、なぜ司はあんなに怒ったのか。なぜ疑ったのか。

また考え始める自分に、真一は重い息を吐いた。司と喧嘩別れした日から二十日ほど経つが、携帯電話は引き出しの奥にしまい込んだままだ。もう二度と持ち歩くつもりはない。気持ちが落ち着いたら解約《かいやく》しようと思っている。

それなのに、少しでも気を抜くと、朝から晩まで司のことを考えている自分がいる。

「癖《くせ》やな……」

真一はつぶやいて、唇をかんだ。六年前、あの春の暖かな教室で言葉をかわしたときから今日まで、良くも悪くも司のことを考えない日はなかったのだ。

ポスターの中の司は、精悍《せいかん》な顔つきを切ない色に染めて空を見つめている。遠くにある何かを必死でつかもうとするかのように、その視線は真摯《しんし》だ。

真一はじっとポスターを見上げた。

忘れようとしても、街に出れば必ずどこかに司がいる。

それは想像していた以上の苦痛だった。

この司の視線は、好きな人に向けられているのだ。真一を拒絶し、なじった視線が、ポスターの中では恋焦《こいこ》がれ、求めている。

そう考えると、無性《むしょう》に腹が立った。

何でこんなもんが街中にあふれてるんやろう。

「渡部《わたべ》君」

ぽんと後ろから肩をたたかれる。物思いに沈んでいた真一は、慌《あわ》てて振り向いた。

そこには、見覚えのある髭面《ひげづら》が笑みを浮かべて立っていた。

「西尾《にしお》、さん？」

「久しぶり。覚えててくれて嬉《うれ》しいよ」

国籍《こくせき》不明の風貌《ふうぼう》に髭をたくわえた迫力《はくりょく》のある顔立ちは、一度見たら忘れられない。司のマネージャー、西尾康之《やすゆき》だ。年は三十代の後半ぐらいらしいが、かなり若く見える。ひとつ間違えるとキザにしか見えないカーキ色のトレンチコートをあっさりと着こなしているところが、いかにも西尾らしい。

「今君のアパートまで行ってきたんだ。留守だったんで駅の方に来てみたんだけど、正解だったな」

「司に何かあったんですか」

友達ではないと言われたことも忘れて、真一は即座に尋《たず》ねた。その素早《すばや》い反応に、西尾はまたにこりと笑う。

「いや、そうじゃないよ。……ていうか、やっぱりそう」

「どういうことです？」

「何でもないんだけど、何でもあるんで困ってるんだ。立ち話も何だから、ちょっとお茶でも飲まない？」

口調は軽いが、目は真剣だ。真一は反射的に頷いた。

「はい」

「それじゃ、行こうか」

安堵《あんど》したような息をついた西尾は、真一の背後にあるポスターに気が付いた。

「司のポスター見てたんだ」

「……はい……」

真一は曖昧《あいまい》に頷いた。

「いいポスターだろ？」

「はい」

今度は、しっかりと頷く。いいポスターであることは事実だ。

西尾はなぜか、ほっとしたように微笑した。

「君のためのポスターだからね」

「え？」

真一が聞き返そうとしたときにはもう、西尾は既に歩き出していた。

西尾はデパートの最上階にある喫茶店を選んだ。ゆったりと流れるクラシック音楽が心地《ここち》好《よ》い。混む時間帯からずれているのだろう、サラリーマンらしき中年の男がカウンター席でコーヒーを飲んでいるだけである。

一番奥の席に落ち着くと、西尾はコーヒーを、真一はレモンティーをオーダーした。

「渡部君は紅茶党だっけ？」

「いえ、ちょっと最近胃の調子が悪くて」

「就職活動か。スーツもよく似合うよ」

「そんな言い方したら女口説《くど》いてるみたいですよ」

「口説いても落ちてくれないだろう、君は」

存外真面目な口調で言う西尾に、真一は苦笑した。

司に西尾を紹介されたのは、上京してしばらくしてからのことだ。真一を一目見て開口一番《かいこういちばん》、うちの事務所に入らないかと言った西尾は、二度目に会ったときには書類一式をそろえてきた。本気でスカウトしたつもりだったらしい。

「しかし君みたいにきれいな顔して、自覚がない奴ってのも珍しい。自意識過剰な連中ばかり見慣れてる身としては、ほっとするような悔しいような、複雑な気分だ」

片方の眉だけを器用に上げて見せた西尾に、真一は笑う。

「お世辞《せじ》言っても何も出ませんよ」

「何言ってるんだ、世辞じゃないよ。外見だけじゃない。君は人を惹《ひ》きつける暖かい空気を持ってる」

「またそんなこと言って……」

ウェイトレスが歩み寄ってくる気配に、真一は口を噤《つぐ》んだ。コーヒーの深みのある香りと爽《さわ》やかな紅茶の香りが混じり合い、ふわりとテーブルを包む。

どうやら西尾は、真一が司と喧嘩《けんか》別れしたことを知らないらしい。

司のことを相談されても、もう答えることができない。そのことを告げるためにウェイトレスが去るのを待っていると、西尾の方が先に口を開いた。

「司と、ケンカしたんだろう」

真一は目を見開いた。カップからたちのぼる湯気《ゆげ》の向こうの髭面を見つめる。

「知ってたんですか……?」

西尾は軽く頷いた。

「ケンカっていうか、たぶん司の方が一方的に突っ走ったんじゃないかな。例の記事がきっかけになったんじゃない？」

マネージャー職に就《つ》く前、私立探偵を生業《なりわい》としていたせいか、西尾は驚くほど鋭い。まるで見ていたかのような見事な推測に、真一は頷くしかなかった。

「俺が売ったんじゃないかってあいつ、決めつけてて……」

「やっぱりそうか」

西尾は喉《のど》の奥から出た低いうなり声を、コーヒーと一緒に飲み込んだ。

「やっぱりって何かあったんですか？」

「発端《ほったん》を作ったのは、たぶん僕だ。申し訳ない。もっとあいつの精神状態を考えてフォローすべきだった」

いきなり頭を下げられて、真一は戸惑《とまど》う。高校時代から続いてきた感情の行き違いと西尾は全く関係ない。

「何で西尾さんが謝るんですか。これは俺と司の問題です」

真一が慌てて言うと、西尾はため息を落としながら顔を上げた。

「あの記事が出た日から、タバコの量も酒の量も倍になった。あいつの場合、プロ意識は一流だから仕事はちゃんとやってる。けど、このままいくと肺と肝臓《かんぞう》がイカれちまうはずだ。メイクしてごまかしてもげっそりしてるのは何となくわかってしまうもんだよ」

「ちょっと待ってください。何であいつがそないなことになってるんですか」

今まで抑《おさ》えていた関西の響きが強く言葉に出た。

疑ったのが司なら、友達ではないと言ったのも司だ。なぜ荒れる必要がある？

西尾はカップをテーブルの上に置くと、ゆっくりと腕を組んだ。

「あのポスターね、コンピュータで画像処理したものなんだ。本当は僕も写ってたんだよ」

西尾が何を言いたいのかわからなくて、真一は黙っていた。西尾は表情の変化を確かめるように、真一の顔をじっと見ながら話を続ける。

「カメラマンの清水学《しみずまなぶ》ってのがまた、厄介《やっかい》な御仁《ごじん》でね。芝居のカオじゃなくて、司という人間そのものを撮りたいとか言って、何枚撮っても納得しないんだ。まあそういう人だからこそいい写真が撮れるんだろうけど、正直参ったね。司はそう簡単に本心を顔に出す奴じゃないから」

仕事場で司がどういう人間なのか、真一は知らない。しかし仕事は仕事、プライベートはプライベート、と完全に割り切ったところがあることは事実だ。

「清水先生が好きな女のことを考えてみろって言ったら、そんな奴いませんときた。司は司でカッカきてたし、何とかしなくちゃと思ってさ、休憩のとき俺が側《そば》に行って……、君のことを話したんだ」

「俺のこと？」

何のために。

その問いがそのまま顔に出たのだろう。西尾は頷いて見せた。

「好きな女がいないんだったら、渡部君でもいいじゃないかって言ったんだよ。おまえにとって大事な人だってことに変わりないんだからってね」

「……そんなん、無駄《むだ》ですよ」

ずっと友達だと思われていなかったのに、大事なはずがない。

「司も無駄だって言ったよ。まあでも……、あのときあいつが言った無駄っていう言葉は、今君が言った無駄とはちょっと違うニュアンスだったと思うけどね」

西尾は腕を解《と》き、今度はテーブルの上に肘《ひじ》を置いて身を乗り出した。

「それで、少しの間君の話をした。こっちで就職するのかとか、最近会ってるのか、とかね。あのポスターに使われた写真は、その話をしてる最中に、司に内緒で清水先生が勝手に撮ったものなんだ。どうしてもあの表情を使いたいからって、仕方なく画像処理したらしい」

「…………」

真一は無意識のうちに息をつめて、西尾の話に耳を傾けた。

「あのポスターが仕上がってきて一番驚いたのは司だったよ。こんな顔をした覚えはないって言ってた。渡部君のことを話してたときの写真だって僕が言うと、物凄《ものすご》い顔をした。……追い詰められた手負《てお》いの獣《けもの》みたいな」

「手負いの、獣……？」

真一は茫然《ぼうぜん》とつぶやいた。西尾は頷く間すら惜《お》しいというように、言葉を紡《つむ》ぐ。

「あんまり凄い顔するもんだから、渡部君には渡部君の人生があるんだからいつまでも甘えてんなよって、僕がまたそのとき余計なことを言っちゃって」

西尾はやっと言葉を切ると、残りのコーヒーを喉に流し込んだ。

「司はたぶん、君なしではやっていけないことをあのポスターで自覚したんだろう。で、肝心《かんじん》の君はどうかと言えば、自分のことをあまりはっきりと話さないから、本心がつかめない。だからひょっとしたら君が離れていこうとしてるんじゃないかって、不安になったんだと思う。そこへ追い打ちをかけるようにあの記事だ。実際、タイミングが悪すぎた」

君なしではやっていけない？

あの司が？

真一は心臓がドクドクと波打つのを感じた。

司は、一度も友達だと思ったことがないと言ったのだ。それなのに。

「あの記事はね、児島《こじま》の恋人が仕組《しく》んだことだったんだ。司と噂になれば注目されるだろうって恋人の方からけしかけたらしい。記事に信憑性《しんぴょうせい》を持たせるために、わざわざ司と君の同窓生に電話までかけて高校時代のエピソードを調べたらしいんだ。まあ、肝心の写真があれじゃあ話にならないけどね」

司が次々と恋人を取り替えていたことは、当時の同級生なら皆知っている。真一と親しく口をきいていた者なら、真面目に恋愛しろと説教していたことも知っているはずだ。

「真相がはっきりするまで待てって言ったのに、あのバカ、これではっきりしたとか何とかわめいて電話切りやがって……」

西尾は肩をすくめ、ついでに大きなため息を落とした。

「何にでも白黒つけたがる二者択一型のあいつが、君のことだけは灰色で通してきた。だからこそ本当に、不安で不安でたまらなかったんだと思う。信じたい気持ちと、灰色故《ゆえ》に信じきれない気持ちに挟《はさ》まれて、そろそろ限界だったんだろう」

「……どういう意味ですか？」

かすれた声で真一が問い返すと、西尾はボリボリと頭をかいた。

「どういう意味かね。言ってる僕にもよくわからないんだが、司にとって君がどこの誰よりも、何よりも大切な存在だってことかな」

「そんなん……、嘘です」

真一はつぶやいた。二十日間腹の底に溜《た》め込《こ》んできたものが込み上げてくる。

「友達やと思てたのは俺だけやったんです。あいつは俺のこといっぺんも友達やと思たことないって、はっきりそう言うたんや。傷ついたんは司やない。俺の方や……！」

膝《ひざ》の上で握りしめた拳《こぶし》が震えた。激情のあまり、息がひきつる。

真一はふいに、その激情が傷つけられた悔しさや裏切られた悲しさとは違っていることに気

が付いた。

遠くに飛ばした、怒りにも似た鋭い視線。焦《こ》げつくような切ない表情。誰かを必死に追い求めるような憂《うれ》いをおびた立ち姿。

脳裏に焼きついている司の顔が目の前にちらついて、真一はきつく瞼を閉じた。

好きな人に向けられているものと思っていた司のそれらは、自分に向けられていた。

そう考えた途端《とたん》、ぞくり、と寒気が背筋を走り抜けた。全身を震わせるその感覚には覚えがある。司の怒りが自分だけに向けられていると感じた瞬間、今と同じように鳥肌が立ったのだ。

この感覚は決して不快なものではない。

それどころか、快感に近い。

それも、至上《しじょう》の、快感。

「まだ、友達だと思ってる？」

西尾の落ち着いた問いかけに、真一は我に返った。

友達なのか？

指先にまで浸透《しんとう》してくる甘い感覚に流されまいと掌《てのひら》でゆっくり腕をさすりながら、自分で自分に尋ねてみる。

俺は司と、友達なんか。

「……よう、わかりません。けど」

真一は決然と顔を上げた。

「俺のせいであいつがだめになるんは、嫌です」

司にはいい仕事をしてもらいたい。彼にはその才能が充分にあるのだから。

「じゃあ、会いに行ってやってくれるか?」

顔色を窺《うかが》うように覗き込んでくる西尾に、真一はまた唇をかみしめた。

一度拒絶された痛みは、まだ生々しい傷となって残っている。癒《い》えるのに何年かかるかわからない、深い深い傷だ。

「君の気持ちが友情だろうが愛情だろうが、そんなことはどうでもいいんだ。そういう関係があってもいいと、僕は思う」

真一にこれ以上考える隙《すき》を与えまいとするかのように、西尾は勢いよく頭を下げた。

「頼む。会ってやってくれ」


辺りはすっかり暗くなっている。師走《しわす》に入ってから輪をかけて冷たくなった風が、頭上でヒョウと音をたてた。何度も通った歩き慣れた道なので、足が勝手に真一《しんいち》を運んでいく。西尾《にしお》によれば、司《つかさ》は今日の午後はオフで、マンションにいるらしい。

西尾は真一が司に会うことで事態が好転《こうてん》すると考えているらしいが、正直なところ、真一は、会ってどうなるわけでもないと思っている。しかし、それでも会おうと決めた。

胸に渦巻《うずま》く嵐のような激情を、このままにはしておけない。

どんな形でもいい。とにかく決着をつけなければならない。

友情か、愛情か。

西尾は微妙な言い方をした。

全てをさらうようなこの感情に、そもそも名前があるのかさえ、はっきりしない。友情だと信じてきたが、本当は友情ではなかったのかもしれない。

どんな風に考えてみても、司が真一の中でひどく特別な存在だということだけは、もう疑いようがなかった。

煉瓦《れんが》色の堅固なマンションが見えてきて、自然と足取りが早くなる。小刻《こきざ》みに漏《も》れる息が白く染《そ》まった。

こんなに長い間、司と連絡をとらなかったのは初めてだ。

司の側《そば》にいるのが当たり前で、司から連絡が入るのが当たり前で……。

その当たり前に終わりが来るなんて、この六年間、考えたことがなかった。

たどり着いたマンションの前にはもう、取材陣の姿はなかった。植え込みの木が木枯《こが》らしに揺さぶられて、微《かす》かに音をたてているばかりである。入口のホールにも人影はない。

真一は深呼吸して、インターホンに向かった。司の部屋の番号をプッシュする。

短い沈黙。

『……はい』

インターホンから聞こえてきた司の低い声を耳にした途端《とたん》、真一はぎくりと体中が強張《こわば》るのを感じた。

名乗らなければいけない、と思ったが、拒絶されたときのことを考えると声が出なかった。

帰れと言われたらどうしよう。顔も見たくないと言われたら。

友達やないと、また言われてしまったら。

『……真一？』

いきなり名前を呼ばれて、真一は驚いた。

そういうたら、西尾さんが連絡しとくって言うてはったんや。

『真一か？』

再び尋《たず》ねてきた声は小さかったが、拒絶や嫌悪《けんお》は含まれていなかった。そのことに勇気を得て、うん、と頷く。

すると、また短い沈黙が落ちた。

インターホンの向こうで、司はどんな顔をしているのだろう。何を考えているのだろう。

息をつめて待っていると、カチリとロックが開く音がした。

真一は思わず、ゆっくりと息を吐いた。

ここまで来てはみたものの、実際、胸を焦《こ》がす激情の正体は、まだよくわかっていない。そんな状態で司と顔を合わせたところで、何を言えばいいのか、どんな顔をすればいいのか、見当もつかない。

けど、会わなあかんのや。

会わなければ、一生、胸の奥に渦巻く感情の正体がわからないままになる。

そんなんは、耐えられん。

真一は歩き出した。激情に促《うなが》されるように、足は次第に早まっていく。

司。

呼び慣れているはずのその名前をつぶやいた途端に、胸が痛んだ。

……司。

司。司。司。

おまえは何を考えてる？

おまえは俺のこと、どう思てるんや。

早鐘《はやがね》を打つ心臓が、今にも口から飛び出しそうだった。迷いと決意、そして焦《あせ》りと恐《おそ》れが複雑に入り交じった頭の中は、混乱の極致《きょくち》に達している。

司。

心の内でもう一度呼ぶ。

チャイムを押す指先が震えた。

返事はない。

息をつめて待っていると、静かにドアが開いた。

無言で出迎えた司の様子に、真一は驚いた。

痩《や》せた。目の下が黒ずんでいる。顔色が悪い。そのやつれ果てた顔には、まるで傷つけられた子供のような悲しげな表情が浮かんでいる。

真一は唖然《あぜん》として司を見上げた。

何でこいつがこんな顔してるんや。

バタンと背後でドアが閉まったのを合図に、司は視線をそらした。

「西尾さんから、連絡あった……。けど今更もう、話すことなんか……」

司は壁に目をやったまま力のない声で言いつのる。その痛々しい様子を目《ま》の当《あ》たりにした真一は、カッと頭に血が上るのを感じた。

「ドアホ！」

一言叫んで司の肩を思い切り突き飛ばす。ふいをつかれた司は、床に尻もちをついた。ぽかんとした面持《おもも》ちで見上げてくる端整な顔をにらみつけ、真一は容赦《ようしゃ》なく怒鳴《どな》った。

「何でおまえがそないな顔してるんや！　疑《うたご》うたんも、友達とちゃう言うたんもおまえの方やないか！　それやのに何やねん！　ジブン一人が傷つきましたゆうツラしやがって！」

怒りのあまり、目眩《めまい》がした。

「傷ついたんは俺や！　おまえが傷つけたんや！　わかっとんのかコラ！」

「真一……」

「軽々しい呼ぶなアホンダラ！」

叫ぶなり、真一は司の胸倉《むなぐら》をつかんで力任せに引きずり上げた。そしてそのまま洗面所へと引っ張っていく。自分のどこにそんな力があったのか、真一にもわからなかった。

「し、真一、ちょお待て、痛いっ」

「うるさい！　黙れ！」

声を上げる司の耳を引っ張りおろして、洗面所に頭を突っ込ませる。そして間を置かずに、蛇口《じゃぐち》を全開にした。ザアッと音をたてて、激しい水の流れが司の頭を直撃する。

「うわっ！　何す……！」

「頭冷やせ！　その情けないツラどうにかするまで出てくんな！　ええな！」

声の限りに怒鳴って、洗面所のドアを乱暴に閉める。

いつのまにかすっかり息があがっていた。ハアハアと肩で激しく息をしながら、真一はリビングルームに向かった。

余計なことを考えている余裕などなかった。ただ腹が立って腹が立って、自分でもどうにもならなかったのだ。

頭の中は真っ白だった。思考は完全に空回りしている。浅く短くくり返される自分の呼吸が、やけに大きく聞こえた。

二十日前、二人でコーヒーを飲んだソファには座る気になれず、部屋の真ん中に立ち尽くす。

俺は何をどうしたいんやろう？

友達とちゃうて言われても、仲直りしたいんか。

それともこれで、ほんまに終わりにするんか。

いたずらに混乱するばかりで、答えは一向《いっこう》に出てこない。

どないしょう、どないしたらええんやろう。

尚も考えていると、ふいに水音が止まった。リビングへと歩いてくる気配がして、慌ててドアに背を向ける。

「真一」

背中に声をかけられて、真一はごくりと息を飲んだ。

「頭は……、冷えたんか」

「頭から水ぶっかけられたら、普通冷えるわ」

ため息をつく気配がした。それきり司は黙ってしまう。沈黙に耐えられなくて、真一は早口で言った。

「西尾さんに頼まれたから来ただけや。俺のせいで仕事がでけへんなんて言われたら、気分悪いからな」

司は無言のままだ。真一は思い切って振り向いた。

しかし、司の顔をまともに見ることができずに、うつむく。

友達やなんて、いっぺんも思たことない。

司の声が生々しく耳に甦《よみがえ》ってきて、真一はいたたまれなくなった。

「……俺、帰る」

司の横をすり抜けようとすると、強く腕をつかまれた。次の瞬間、司の腕の中にしっかりと抱きとめられる。

「好きや……!」

耳元で低い声がささやいた。今まで一度も聞いたことのない熱っぽい司の声に、びくっと全身が反応する。

「……俺かて、おまえのこと、好きや」

じっとしたまま、真一は答えた。抱きしめてくる腕と体から司の体温と熱い鼓動《こどう》が直接伝わってきて、覚えのある感覚がぞくりと背筋を走る。

「俺のんは、おまえの好きとは違うんや。おまえを俺一人のもんにしたい。俺以外の奴には触らしたない……。そういう、好きや」

真一の存在を確かめるように腕に力を込めて、司はうめくように言った。

「友達やなんて……、いっぺんも思たことない。ずっと好きやったんや。高校んときから、ずっと、好きやった」

深みのある声が切迫《せっぱく》した響きを伴《ともな》って、耳に直接入り込んでくる。真一はその声に流されまいと、努《つと》めて冷静に言った。

「おまえ、酒入ってるんとちゃうか。自分の言うてること、わかってへんやろ」

「わかってる！　俺はシラフや！」

「わかってへん。俺のこと好きなんやったら、何で高一んとき、女の子をとっかえひっかえしたんや。道理に合わんやないか」

「……あれは、おまえが俺のことで困るのを見たかったんや。おまえが俺のもんになったみたいで、嬉《うれ》しかった。俺もガキやったんや。それやのにあの女、最初から真一が目的やったって吐《ぬ》かしやがって……」

ぎゅう、と強く抱きしめられて、息がつまる。

「ちょっ……、司、苦しい」

「呼び出してナイフ見せたら、殺せるもんなら殺してみい、て強がりよった。どうせそんな度《ど》胸《きょう》ないやろって。アホらしい、何で俺があんな女、自分の手ぇ汚して殺さなあかんねん」

司は今、凄《すさ》まじい話をしている。

そのことに気付いた真一は、もがくのをやめた。

「せやから俺、おまえなんか殺す価値もないて言うたんや。真一から離れへんのやったら、真一殺して俺も死ぬて……、そう言うたらあの女、やっとびびりよった」

気ぃ付けた方がええよ。

「青い顔してどういう意味や、て聞きよったわ。真一は俺のもんや、おまえなんかに指一本触らせへんて言うたら、慌《あわ》てて逃げよった。ざまあみろや。おまえに手ぇ出そうとするからや」

とんでもない爆弾抱《かか》えてるから。

「おまえに好きやって言うつもりはなかった。俺のこの感情が世間的にみて、どういうもんかわかってたさかいな。俺の一方的な告白で、おまえを傷つけとうなかった。それに失くしてしまうよりは、友達でいた方がええと思たんや。……せやけど、結局あかんねん。自分の気持ちに嘘つき続けるんはもう、限界や……！」

悲鳴のような声を、真一はただ茫然《ぼうぜん》と聞いていた。

中川万理子《なかがわまりこ》の言っていた爆弾が今、真一の耳元で爆発したのだ。

真一は俺のもんや。

その言葉の響きが胸を打ち、甘い痺《しび》れとなって体中に浸透《しんとう》する。

「ごめん……。気持ち悪いやろ」

黙っている真一に、司はふと腕の力をゆるめた。

「あのポスター見たとき、限界がきてるいうことが自分でもようわかった。おまえに俺の本心が伝わってるんとちゃうかと思て、不安になった。それで、俺から離れたいて思てるかもしれんて……、疑って……」

司は真一からそっと体を離した。思わず見上げると、火のような視線に出会う。

「許してくれ。たとえおまえが俺から離れたいて思てたとしても……、あんなこと、するわけないのに」

言い終えた司は、真一を無理やり視界から追い出そうとするかのように、顔を背《そむ》けた。

「友達やと思ててくれたのに……、ごめん」

真一は逆にその火のような視線を視界に入れようと、司の着ていたトレーナーの裾《すそ》をつかんだ。

「……何で謝るんや」

「もう友達では、いられへんから」

「何でや」

トレーナーを強く引っ張ると、司は横を向いたまま、かすれた声で怒鳴った。

「限界やって、さっき言うたやろ！　俺の気持ちは逆立《さかだ》ちしたって、友情なんかに変わらへん！」

「せやからってこんなんで終わりなんか！　俺の気持ちも聞かんとおしまいか！」

考えて出た言葉ではなかった。気が付いたら口が勝手に叫んでいた。

言った真一自身も驚いたが、司はもっと驚いたらしい。切れ長の目を丸くして、ゆっくりと真一に向き直った。

「……おまえの、気持ち……？」

食らいつくように見つめられて、真一は顎《あご》を引いた。必死に胸の奥にある激情の正体を探りながら、言葉を選ぶ。

「俺かて……、よう、わからんのや。高校んときから、ずっと……、毎日、おまえのことばっかり、考えてて……。友達やないって言われて、めちゃめちゃショックで……」

確かに司が真一のことを好きな気持ちと、真一が司を好きな気持ちには、ずれがある。

しかし、全くすれ違ってはいないのだ。

中川万理子が去った原因を作った司を憎む気持ちよりも、真一は俺のもんやという司の言葉を、嬉しいと思う気持ちの方が遥《はる》かに勝《まさ》っている。司に見つめられると、何も言えなくなる自分がいる。

友達だと思ったことがないと司が言わなければ、気付かなかったかもしれない。

この胸に渦巻《うずま》く感情は、憎い、最低だ、という司を嫌悪する気持ちではない。間違いなく、嬉しい、という気持ちだ。それも震えるような熱さを伴った、歓喜の極《きわ》みだ。

「今かて……、おまえのこと、気持ち悪いとは思えへん……。それよか……、ほんまのことがわかって、ほっとしてる……」

「真一……」

呼んだ声は震えていた。司は再び壊れものを扱うように、そっと真一を抱きしめる。

真一はおとなしく、その腕の中に収まった。

司の腕の中はひどく熱い。けれど、やけに心地好《ここちよ》い。

「高校入学してすぐのとき……、隣の席になったん、覚えてるか？」

ささやくように問われて、真一はこくりと頷いた。司の指が、真一のくせのない髪をそっと撫《な》でる。愛《いと》しげに、何度も何度も。

「あのときおまえ、全然リキまんと、普通に俺と接してくれたやろ。それに、外見と中身は関係ないて言うてくれた……。俺なあ、ガキの頃からこのツラのせいで、妙に敵意持たれたり、逆に媚《こ》びられたりして、オトナもコドモも、最初から普通に接してくれる奴なんかおらんかってん。あんな風に自然に接してきたんは、おまえが、初めてやった……」

低く甘い声に促されるように、真一は目を閉じた。

こうして髪をすかれながら力強い腕に抱きしめられていると、全身が溶けてしまいそうになる。

「側にいてるとあったこうて、ものすご安心できた。けど……、おまえが俺以外の奴と楽しそうにしてたり、俺以外の奴に笑いかけたりするんを見ると、めちゃめちゃ腹が立ってん。安心するどころか不安になって、夜も眠れんかった。……そんですぐに気ぃ付いたんや。俺はおまえを独占したいんやって。他の誰にもとられたない、おまえには、俺のことだけ見てほしいんやって……」

「……それやったら高一んとき……、俺がおまえにフラれた女の子の相手するん、嫌やったんとちゃうんか……？」

夢見心地《ゆめみごこち》で尋ねると、司が苦笑する気配が伝わってきた。

「嫌やった。めちゃめちゃ嫌やった。けどさっきも言うた通り、おまえが困ってる顔見て嬉しかったんも事実や……。あの一年はもう、おまえを好きな気持ちで頭ん中がいっぱいで、自分でも何やってるんかようわからんかった……。あの女がおまえ目当てで俺に近付いたことがわかって、初めて自分のアホさ加減に気ぃついたんや……」

「そんで、俺にカノジョを紹介するん、やめたん……？」

「紹介するんをやめたんとちゃう。女と付き合うことそのものをやめたんや。肝心《かんじん》のおまえをとられてしもたら、話にならんやないか……。言うとくけど、おまえに紹介したどの女もカノジョなんかやないで。もともとおまえの気ぃをひくためだけに付《つ》き合《お》うてたんやからな……」

ほう、という熱いため息の音が聞こえた。抱きしめてくる腕に、ぎゅっと力がこもる。

「俺が好きなんは……、側におりたいんは、ずうっと、おまえ一人だけや……」

その熱っぽい告白に、真一も吐息を落とした。紡がれる言葉の全てが、かつてないほどの甘い痺れを呼び起こす。

「真一……」

「……うん？」

「そういうわけやから……、キス、してもええか？」

何気なく、しかし熱っぽくささやかれた言葉に、真一はハッと我に返った。慌てて司の肩口に預けていた頭を上げる。

「アホ！　何がそういうわけやねん！　友達とそんなことできるわけないやろっ」

「何でや。おまえ今、ようわからんて言うたやないか」

「せやからようわからんて言うてるやろっ。何でいきなりキスやねん！」

焦って突き飛ばすと、司は、痛いなあとぼやきながら唇をとがらせた。

「六年も我慢してきたんや。キスぐらいさせろ」

「おまえ……、何やねん、そのエラそうな態度は……」

さっきまでの悲痛な表情は欠片《かけら》もない。すっかりいつもの司に戻っている。

唖然《あぜん》としている真一に向かって、司はにやりと笑った。

「ようわからんていうことは、脈があるていうことやろ」

また抱きしめられそうになって、真一は慌てて身をかわした。

「何でそうなるんや！」

「おまえの性格はよう知ってるんや。ほんまに嫌やったら口もきかんと殴り飛ばすぐらいのことはするやろ。困った顔するんは、嫌やない証拠や。せやからキスかて嫌やないはずや」

きっぱりと言い切った司は、真一の正面に立ちふさがった。再びつかまれそうになる腕をブンブンと力任せに振り回しながら、真一は地団駄《じだんだ》を踏《ふ》む。

「何を言うてんのや、俺は帰る！」

「キスせな帰らさへん」

「司！」

知らずに熱く火照《ほて》っている頬《ほお》を意識しながら、真一は怒鳴った。しかし司は動じない。

「好きや、真一。せやからキスしたい。ずっとしたかったんや」

真顔で言われて、真一は言葉につまった。

司とキスをするなんて、一度も考えたことがない。

今、初めて想像してみる。

司と、キス。

すると、カァッとますます頬が熱くなった。わあっと叫び出したいぐらいに恥ずかしい。

「お、おまえと、キ、キスするとか、そういうことは……、よう、わからんのや……！　そんなこと、考えたことないんやから……！」

真っ赤になった真一に、司は満足そうに微笑して、まっすぐに真一の目を見下ろしてきた。その静かに燃える視線に、真一は拒絶することができなくなる。うつむいて唇をかみしめると、優しい声が降ってきた。

「それやったら、今考えろ」

「そんなん、急に無理や……」

「考えるんや」

司の長い指先が真一の耳の下に添《そ》えられる。その冷たい感触に驚いて身を堅くした瞬間に、頬に柔《やわ》らかなキスが落ちてきた。

「つ、司……」

「じっとしてえ」

肩を抱き寄せられたかと思うと、今度は目尻に唇が押し当てられる。熱い吐息と共に閉じた瞼の上を滑《すべ》る司の唇の感触に、真一はふいにおかしさが込み上げてくるのを感じた。

「……変なの」

「何が」

「おまえとこんなん、変や」

「何が変や。俺はずっとこうしたかったんや」

「六年もずっとか？」

「そおや。我慢強いやろ……？」

司の指が真一のくせのない髪を絡《から》めとる。厚くもなく薄くもないすっきりとした唇が耳のラインをたどる。途端に甘い痺れが背筋を這い、真一は思わず司にしがみついた。肩にまわった司の腕が、微かに震える体をしっかりと受け止めてくれる。

「真一？」

「うん……」

「好きや」

「……うん」

耳に直接吹き込まれる低い声が、真一を虜《とりこ》にする。

「キスしてもええ？」

真一はぎょっとして司の胸を突いた。

すぐに調子に乗る。そこがまた、司のかわいいところだが。

「あかん」

じろりとにらんで言ってやると、司のしかめっ面《つら》がふくれっ面に変わった。

「何でや」

「俺がしとうないのに、したって意味ないやろ。しとうなったら俺の方からしたるさかい、それまで我慢せえ」

真一はにっこりと笑って、ポンと司の肩をたたいた。司はお預けをくった犬のような情けない顔をする。

「……しとうなったらって、いつしてくれるんや」

「せやからその気になったら」

「せやからそれがいつやて聞いてるねん」

「そんなんわからん」

「六年も待ったのに、まだ待つんか」

「一年か二年はかかるんとちゃう？」

「アホンダラ、そない長いこと待てるか！」

捕まる前に、真一はキッチンに逃げ出した。司は追いかけてくるが、機敏には動けず、足下がおぼつかない。

「不摂生《ふせっせい》してるさかい、そういうことになるんや。反省せえ」

「やかましいっ。誰のせいやと思てんのや！」

「おまえのせいや。おまえが勝手に誤解したからや。そやろ？」

真一が笑いながら言ってやると、司はうう、とうなってその場に座り込んだ。

真一が風呂からあがると、司はソファに寝転がってうとうとしていた。今日までろくに眠れてもいなかったらしい。

「こんなとこで寝てたら風邪ひくぞ。明日また仕事なんやろ？」

タオルで髪を拭《ふ》きながら言うと、司は薄く目を開けた。

「俺のトレーナー、がばがばやな」

「貧相《ひんそう》な体で悪かったな。おまえが帰してくれへんからやろ。泊まる用意なんかしてへんかったんやから」

ホットカーペットの上にぺたりと座り込み、ソファに背を預ける。すると、司の手が伸びてきて頬に触れた。

「おまえがキスせえへんからや」

「しつこい」

真一はピシリと司の手を払いのけた。触れられた頬が熱くなるのを無視して、話題を変える。

「それより児島彩花《こじまあやか》てちょっともテレビに出てこぉへんけど、結局どないなったん」

「ああ、あの子」

そんなんどうでもええのに、というニュアンスをたっぷり込めた欠伸《あくび》をひとつして、司は面倒くさそうに話し出した。

「記事が出てから三日ぐらいして、事務所の方にも俺にも詫《わ》びの電話が入ったわ。やっぱりあんなことするんやなかった言うてな。男とも別れたらしい。……真一、あの子のこと、西尾《にしお》さんから聞いてるんやな？」

わずかに上体を起こした司に、うん、と真一は頷いた。

「男にそそのかされたんやろ？」

「らしいな。事務所辞めて実家に帰るそうや。まあもともと悪い子やないんや。たまたま付《つ》き合《お》うた男が悪かったんやろ。それに生き残りに必死やった気持ちはようわかる」

「その男てどんな奴？」

「カメラマン崩れのプー太郎らしい。全然働いてへんかったみたいやし、ほとんどヒモや」

司は突然起き上がって、真一をじっと覗き込んだ。

「この商売あかんようになっても、バイトでも何でもして食わせたるさかい、安心せえ」

至極《しごく》真面目な顔で言われて、真一は吹き出した。

「アホかいな。おまえに食わしてもらわんでも、自分の食いブチぐらい自分で稼《かせ》ぐわ」

「……そういう意味やない。こういうときはほんまに鈍《にぶ》いな、おまえは」

司はつっけんどんに言って、脱力したように再びソファに寝転がった。鈍いと言われてムッとした真一は、目を閉じてしまった司の顔をにらみつける。

「そういう意味やなかったら、どういう意味やねん」

「もうええわ」

「ええことない。司、コラ寝るな」

「そのうちいやでもわかるさかい……」

言葉がすうっと寝息に変わる。

真一は口をへの字に曲げたまま、司の隆《たか》い鼻筋をぎゅっとつまんでやった。しかし司は眉を寄せただけで、目を開こうとはしない。真一はこれ幸いと司の顔をおもしろ半分にあちこち引っ張りながら、気になっていたことを聞いてみた。

「なあ、司」

「んー」

「中川さんが別れへんて言うたら……、ほんまに俺のこと、殺すつもりやったんか?」

「あのときは、本気やった。おまえは……、俺のもんやから……」

「……めちゃめちゃな理屈やな」

「司?」

引っ張るのをやめ、司の安心しきった寝顔を見つめる。

「うーん……」

「あのポスター撮ったとき、ほんまに俺のこと考えてたんか」

「そう、や……。俺のあの顔を見てええのは……、ほんまはおまえだけやねん……。おまえは俺のもんやけど……、俺も、おまえのもんや……」

司の手が伸びてきて、しっかりと真一の手を握る。

「好きや、真一……。側《そば》に、おってくれ……」

駄々《だだ》っ児《こ》のような物言いに、真一は思わず微笑した。

司がこんなこと言うんは、俺にだけや。

そう考えただけでふんわりと暖かい気持ちになり、心が浮き立つ。

「わかったわかった。ここにおるから。明日何時に起きるんや？」

「明日は……、深夜の……ラジオの仕事しかない……」

「そしたら寝ててもええんやな？」

「映画の話、本決まりしたから……、ドラマもないし……、映画の撮影が、入るまでは……、休みで……」

「映画、決まったんか。良かったなあ」

「うん……」

骨太な長い指に真一が指を絡《から》ませてやると、司は安堵《あんど》したように大きく息をつき、本格的に寝息をたて始めた。寝室から毛布を持ってきてやらなくてはいけない。

「世話のかかるやっちゃ……」

真一はつぶやいて、あいている方の手の指で司の額を軽く弾《はじ》いた。

くっきりとした彫《ほ》りの深い顔は、眠っているとひとつの絵画のように見える。それこそ映画のワンシーンを一時停止したかのようだ。

友達ではいられない。司はそう言ったが、友達でいられると思う。六年間築いてきたのは、司がどう感じていようと間違いなく友情だったのだ。

これからどうなるかはわからない。

けれど何があっても、司を大切に思う気持ちだけは揺るがないという確信はある。

君の気持ちが友情だろうが愛情だろうが、そんなことはどうでもいいんだ。そういう関係があってもいいと、僕は思う。

西尾の言葉をかみしめて、真一はささやいた。

「好きやで、司」

司は穏《おだ》やかな寝息をたてている。

その隆い鼻梁《びりょう》を、閉じられた瞼を彩《いろど》る長い睫《まつげ》を、鋭い顎《あご》のラインを、そこだけ子供っぽく感じられる無防備な唇を、ずっと見つめていたいと思う。側にいてくれと請《こ》われるまでもない。

ずっと側にいたい。

「司……？」

呼んでも反応がないことを確かめて、真一はもたれていたソファから身を乗り出した。手をつないだまま、司がしたように、額にそっとキスを落とす。滑らかな感触が唇にしっくりと馴《な》染《じ》む。

顔を上げると、司の満足そうな寝顔がそこにあった。真一は引き寄せられるように、指先ですっきりとした形の良い唇を撫でた。

長いこと待たせたんやから、今度は俺が追いつく番や。

真一は少しの間考えてから、唇でそうっと司の唇に触れてみた。

微かな寝息が漏《も》れる唇の感触は柔らかく、そして予想していたよりも、ずっと熱かった。

司の唇から得られた熱が、ゆっくりと全身を満たしてゆく。真一は、至上《しじょう》の熱が爪の先まで浸透する心地《ここち》好《よ》さに酔った。

泣きたいぐらいに幸せで、踊り出したいぐらいに嬉しくて、それなのに胸が痛い。

名残《なごり》惜《お》しさをたっぷり残しながら離した唇で、微苦笑する。

なあ、司。

一年とか二年て言うたけど、そないに長いこと待たんでもええみたいやで。俺、すぐに追いつきそうや。

真一は絡めたままでいた指に、そっと力をこめた。

心はもう既に、傾いている。

あいたい

チャイムが鳴るタイミングに合わせたかのように、教壇《きょうだん》に立っていた事務員はゴホンと咳《せき》払《ばら》いした。

「では皆さん、がんばってください」

ブツ、とマイクの電源が切れる音が聞こえたのと同時に、大教室はにわかに騒がしくなった。四百人余りの学生が一斉《いっせい》に話し出したのだから、その音量は相当なものである。

しかも誰一人として明るい顔をしている者はいない。教室に満ちているのは大いなる緊張と不安ばかりである。それほどに就職説明会で語られた話は、シビアなものばかりだった。実際にもう活動を始めている者にとっては、既に体験済みの厳しい現実を改めて知らされただけで、プラスになるような話はひとつも聞けなかった。

「うわー、何かもう今から就職活動したくねーって感じ」

「バカ、んなこと言ってたら、気が付いたらフリーターーってことになってるわよ」

「しまったなあ。ダブルスクールしとくんだった」

「今更言っても遅いだろ」

友人たちの会話を聞きながら、渡部真一《わたべしんいち》はノートとペンケースをバッグにしまった。

彼らの気持ちはよくわかる。

真一も同じ気持ちだからだ。

どんなにハガキを書いても、資料請求にすら応じてもらえない。送った履歴書の大半は突き返される。電話で問い合わせても、素《そ》っ気《け》ない口調で応対されることが少なくない。そんな現実を、今まさに実感している最中なのだ。明日もOBに会社の話を聞く予定だが、そのOB自身が不況に喘《あえ》いでいるわけだから、良い話は聞けそうもない。

とはいうても俺は幸せなんやろな、と真一は思う。

同級生の中には、親がリストラされたために学費が払えず、大学を中退した者もいるのだ。ちゃんと卒業させてもらえるだけでも、親と天に感謝しなければならないだろう。

「渡部はどうすんだ。地元に帰るのか？」

ふいに問われて、真一はううん、と首を横に振った。

「こっちに残ることにした」

「そうかぁ」

実家が九州だという同じゼミの友人は、愛敬《あいきょう》のある丸顔に一際憂鬱《ひときわゆううつ》そうな表情を浮かべてため息をついた。

「俺は帰るか残るか迷ってんだよな。見渡す限り田んぼと山って言ってもいいぐらいの田舎《いなか》だから、帰っても就職口はないだろうし。あったとしても、やりたい仕事かどうかわかんねえしなあ」

入学した当初ははっきりとわかった彼の訛《なま》りは、今ではもうほとんど消えている。

「おまえ、わりと早いうちから公務員試験の勉強してへんかったっけ？　受かったら間違いなく地元に就職できるやんか」

真一が言うと、友人はまた長いため息をつき、遠くを見つめる。

「……受かったらな……」

「……そやな、受かったらな……」

たった今、事務系の公務員試験の競争率が、いかに高いかを説明されたところである。

あの倍率やったら、まだサッカーくじの方が当たりそうな感じや……。

ため息を落としたそのとき、バッグの中の携帯電話がピリリリリ、と音をたてた。

着メロではなく、この平凡な音が呼び出し音になっている携帯電話にかけてくる人物は、この世で一人しかいない。

「悪い、俺、先帰るわ」

真一はバッグをつかみ、迷うことなく立ち上がった。さっきまで暗く沈んでいた気分が嘘のように華やいでいるのがわかって、苦笑する。

俺ってこんなに現金な奴やったっけ?

「急に何だよ」

「最近付き合い悪いよ、渡部君」

「これから気晴らしにカラオケにでも行こうと思ってたのに」

口々に文句を言う友人たちを、ゴメンと片手で拝《おが》んだ真一は、一目散《いちもくさん》に教室を出た。

廊下を駆けながら電話を取り出す。本当は人気《ひとけ》のないところで話した方が良いのだが、そこまで待っていられない。

真一は息を切らしながら、早速電話に出た。

「もしもし」

『俺や』

耳に押しつけた電話から、意思の強そうな低い声が聞こえてくる。真一は自然と頬《ほお》が緩《ゆる》むのを感じた。冷たい風が吹きつけてきたが、少しも気にならない。

「俺って誰や」

わざと言い返してやると、電話の向こうであからさまにムッとした気配がする。

『アホ。しょうもないこと言うてんな。もう講義終わったんやろ』

「さっき終わったとこや」

『そしたら寄り道せんとまっすぐ来い』

うん、と真一は頷《うなず》く。

寄り道などするわけがない。

一分一秒でも早く会いたくて、今も早足で歩きながら話しているのだ。

『真一』

「うん?」

『今日は泊まっていけよ』

ぶっきらぼうな口調で言われて、真一はわずかに赤面した。

「おまえが何もせんて言うんやったら泊まるけど」

わざと冷たく言ってやると、電話の向こうでまたムッとした気配がする。

『好きな奴と一緒におって何もせん方がおかしいやないか』

そのストレートな言葉に、真一はますます頬が熱くなるのを感じた。周囲に赤くなった顔を悟《さと》られまいと慌《あわ》ててうつむく。

「またおまえはそうやって自分の都合ばっかり言う……」

『そしたらおまえの都合はどうなんや。おまえは俺のこと好きやないんか』

低い声に駄々《だだ》をこねるような響きが込められる。きっと電話の向こうにあるすっきりとした形の良い唇は、わずかに尖《とが》っていることだろう。

真一は微苦笑した。

ほんまに、しゃあないやっちゃな。

「わかったわかった。嫌いやない。好きや。大好き。一番好き」

矢継《やつ》ぎ早《ば》やに言ってやると、相手は一瞬、沈黙した。

『……言い方が軽いぞ、真一。全然真実味が感じられん』

「アホ。俺が今どこにいてると思《おも》てるねん。大学の構内やぞ」

『それがどないした』

「どないしたって……、おまえなあ」

さっきからずっと歩き続けてはいるものの、真一の通う総合大学は敷地が広く、まだ門は見えてこない。そのため、周囲にはたくさんの学生たちがいる。携帯電話に向かって、真剣に「好きだ」などと言える状況ではない。

『俺はいつでもどこでもおまえにちゃんと好きやて言えるぞ。キスかてできる』

さっきまでとは打って変わったような熱っぽい声がささやく。電波を通して熱い吐息《といき》が耳朶《じだ》に直接触れたような気がして、真一は反射的に耳から携帯電話を遠ざけた。

「わかった。それはおまえん家《ち》に着いてから聞く。急いで行くから待ってろ」

早口でそれだけ言って、一方的に通話を切る。

思わずため息が漏《も》れた。

火が出るかと思うほどに顔中が熱い。

たぶん首まで赤《あか》なってるやろな、と思いつつ、駆け出す。真一はどちらかと言うと色白なので、顔色の変化が表に出やすいのだ。

司《つかさ》のアホ。

普通に友達みたいにしゃべってたかと思たら、急にあんな声でしゃべり出したりして。

俺、どないしてええかわからへんやんか。

２ＬＤＫのマンションは、相変わらずガランとしていた。必要最低限の家具しか置いていないリビングは、シンプルを通り越してひどく殺風景《さっぷうけい》だ。

「真一、座る前に手ぇ洗《あろ》てうがいして来い」

フローリングの床にバッグを置いた真一は、背後から聞こえてきた命令につられて振り向いた。

キッチンとリビングを隔《へだ》てるカウンターから、司が顔を覗《のぞ》かせている。

「風邪、はやってるみたいやからな。あったこうなってきたからって油断してたらあかんぞ」

うん、と素直に頷いた真一は、高校時代からの付き合いである高梨司《たかなしつかさ》の顔をまじまじと見つめた。

キリッと整った眉《まゆ》。その下の、切れ長の目。隆《たか》い鼻筋。すっきりとした唇。鋭《するど》い顎《あご》のライン。形の良い耳。

既に見慣れた精悍《せいかん》な顔立ちが初めて見るもののように思われるのは、髪と眉の色と、耳についているピアスのせいだ。

もともと短かった司の髪だが、今はほとんど坊主頭と言って良いぐらいに短くなっている。

その上、髪だけでなく眉も見事な金色に染《そ》められていた。そして耳には、右に二つ、左にひとつ、シルバーのピアスが嵌《は》め込《こ》まれている。

似合わない、というわけではない。

むしろ似合う。とてもよく似合う。

むき出しになった形の良い頭と伸びやかな項《うなじ》は、日本人離れした魅力に溢《あふ》れている。司の大人びた端整《たんせい》な顔立ちは、どんなことをしても似合うのだ。

けど、何かヤバイ人みたいや……。

「……なあ、司」

真一は遠慮がちに声をかけた。本当は、このまま何も言わずにいようと思っていたのだが、司ではない別人を見ているようで、どうにも居心地が悪い。

「何や」

司が軽く眉を寄せる。

かっこいいと思う。

思うが、やはり変だ。

「何やねん、その髪と耳」

一週間前に会ったとき、確かに髪は黒かったし、耳にも何の飾りもなかった。

これか？　と司は今初めて気付いたかのように、自分の頭をくるりと撫《な》でる。

「前に映画の話が決まったて言うてたやろ。俺の役、こういうイメージなんや」

司はにっと白い歯を見せて笑った。

司は、今やその顔を知らない者はいないと言われるほどの人気俳優である。高校を卒業した後、上京し、芸能活動を続けていた彼がブレイクしたのは二年ほど前のことだ。

今まではドラマやCM等のテレビの仕事が多かったが、本人はもともと映画俳優志望なのである。それをどこからともなく聞きつけた監督から、直接オファーがあったらしい。

「監督からの要請《ようせい》でな。こういうナリにしたんや。もともとイメチェンしよかなあて言うてたとこやったし、ちょうどええと思て」

低い声の端々《はしばし》に滲《にじ》む嬉しさを感じ取って、真一も自然と笑顔になった。

司が嬉しいことは、真一にとっても嬉しい。

「映画て、どんな話なん？」

「簡単に言うたらアクションが入った近未来ヤクザもんかな。知らんか、闇《やみ》の果実《かじつ》っちゅう小説」

ああ、と真一は頷いた。

「水沢《みずさわ》透《とおる》の小説やな。シリーズ化されてるやつやろ？」

「そおや。読んだか？」

「読んだ。読み始めたら止まらんようになって徹夜した覚えがある。……あ、おまえそのカッコ、ひょっとして殺し屋の榊《さかき》か」
思わず指さして言うと、司はまたにっと笑って見せた。

「正解や。ようわかったな」

「うわぁ、そおか、おまえが榊かぁ……」

うーん、と真一はうなった。

司が着ているカーキ色のトレーナーを皮のコートに変え、チノパンツを薄汚れたジーンズに変えた姿を想像する。

ぴったりや。

榊は主人公を付《つ》け狙《ねら》う孤高《ここう》の殺し屋だ。狂気じみた言動をし、人を殺すことに欠片《かけら》も罪悪感を感じない。その一方で、繁華街《はんかがい》に住み着いた野良猫をかわいがっていたりする。そうした二面性が母性本能をくすぐるのか、女性に人気の高い登場人物らしい。今回のキャスティングで、司の人気も榊の人気も更に上がるに違いない。

司の仕事が順調であることは、何よりも嬉しい。

笑みを浮かべていた真一だが、ふいに物語のラストシーンを思い出した。

榊は、確か最後に……。

「てことは、最後に死ぬんか」

つぶやくように言うと、司は首を傾《かし》げた。

「まだ脚本をもうてへんからそこまではわからんけど。わりと原作に忠実らしいから、そうなるやろな」

ふうん、と頷いて、真一は足下《あしもと》に視線を落とした。

原作では、榊は物語のラストで主人公に拳銃《けんじゅう》で撃たれて死ぬ。司が死ぬ役を演じるのは、これが初めてだ。

演技てわかってても、あんまり気分のええもんやないなあ……。

「真一？」

すぐ側《そば》で声がして、真一は驚いて顔を上げた。いつのまに近寄って来たのか、傍《かたわ》らに司が立っている。

見下ろしてくる漆黒《しっこく》の瞳は、髪と眉の色が変わっても、以前のままだ。そこから放たれる熱っぽい視線は、強い威力《いりょく》をもって真一を捕らえる。

「何や、俺が死ぬ役するんは嫌か？」

心の内を見透《みす》かされたようなことを言われて、真一はカッと頬が熱くなるのを感じた。それをごまかすために慌てて首を横に振る。

「そんなことない。おまえ、ずっと映画やりたいて言うてたんやし、死ぬいうたかてそんなん、演技やんか」

「そおや。演技や。せやからそんな顔すんな」

甘く、優しい声が降ってくる。

またそうやって急に態度変える……。

真一は耳まで熱くなっているのを感じながら、再びうつむいた。

「そんな顔て、俺は別に」

「真一」

呼ばれたかと思うと、そっと肩を抱き寄せられた。ぎくりと体が強張《こわば》る。その反応に気付いたのか気付かなかったのか、司は背を屈《かが》めて覗き込んできた。

見慣れない金髪が視界に飛び込んできて、真一は反射的に瞬《まばた》きする。

「……変なの」

思わずつぶやくと、司は切れ長の瞳をわずかに見開いた。

「変て何が」

「髪の色。見慣れてへんからやと思うけど、おまえやないみたい」

金色の眉をじっと見つめながら言う。眉まで染めるから余計に感じが違うんやな、と思う。黒いときには二十一という年齢よりずっと大人びて見えた目鼻立ちが、今は猛々《たけだけ》しい青さを主張している。

「似合うけど、慣れるまで時間かかりそうや」

真一が眉を寄せると、司は視線をそらし、なぜか大きなため息をついた。抱き寄せていた真一の肩をゆっくりと離す。

「そしたら早いとこ慣れてくれ。おまえ、まだ手ぇ洗てへんやろ。さっさと洗て来い」

離れたばかりの肩をトンと突かれて、真一は、うん、と頷いた。

何となく、はぐらかされたような気分だ。最近司と会っていると、こんな気分になることがしばしばある。

たぶん、それもこれも、四ヵ月ほど前に司に告白されたせいなのだ。

高校一年のときから今日までの六年間、真一は司と友人関係にあった。上京してからも連絡を取り合い、頻繁《ひんぱん》に会って話したり、食事を共にしていた。真一など、忙しい司が連絡を取りやすいようにと、司専用の携帯電話を買ったぐらいだ。真一にとって司は、何にも代えがたい親友だった。

しかし、司にとっての真一は、親友ではなかったのだ。

四ヵ月ほど前、写真週刊誌に司とアイドル女優が恋人関係にあるという記事が載《の》った。真一が偶然、二人が一緒にいる現場に居合わせたせいで、司はその記事を売ったのは真一ではないかと疑った。

真一はもちろん、俺がそんなことをするわけがないと怒鳴《どな》り返した。それでも疑いを解こうとしない司の態度が信じられなくて、信じてもらえてると、友達やと思てたのに、とつぶやくと、司はうっすらと笑みを浮かべた。そして、はっきりと言った。

友達やなんて、いっぺんも思たことない、と。

ショックだった。あまりにも衝撃が大きくて、何も考えられなくなったほどだ。

その日から、ふと気が付くと司のことばかり考えるようになった。その度《たび》に胸が痛んだ。泣いてしまいそうになったことも一度や二度ではない。

仲直りするきっかけを与えてくれたのは、司のマネージャーである西尾康之《にしおやすゆき》だ。彼から司がひどく荒れていることを聞かされた真一は、いても立ってもいられなくなって司を訪《たず》ねた。

そこで、告白されたのだ。

友達やなんて……、いっぺんも思たことない。ずっと好きやったんや。高校んときから、ずっと、好きやった。

写真を売ったのではないかと疑ったのは、真一が自分の気持ちに気付いて離れようとしているのではないかという不安が、溜《た》まりに溜まっていたからだと司は言った。それほどに、真一への気持ちを抑《おさ》えることに限界が来ていたのだと。

「……っ」

真一は、洗面所の鏡に映《うつ》った自分の顔が、瞬《また》く間《ま》に赤くなるのを見た。あのときの司の熱っぽい声を思い出しただけでも、ドキドキと心臓が高鳴る。

司の告白を、嫌だとも気持ち悪いとも思わなかった。

それどころか、嬉しかった。体中が震えるぐらいに嬉しかった。

もちろん、司のことはずっと好きだった。しかし、あくまでも友達として好きなのだと思っていた。それ以外の感情である可能性など考えたことがなかった。

けど、と真一は思う。

けど俺も、友達としてだけやなくて、司のことが好きやったんや。

そうでなければ告白されたとき、嬉しいと思うはずがない。

しかし、今のところ、真一にとっての司は親友のままである。それというのも、司がはぐらかしたような態度をとるせいだ。ちょうどさっきのように友達モードで話している途中で、急に口説《くど》いてきたり迫《せま》ってきたりするものの、長続きしない。告白された当初はキスをさせろと迫られたものだが、友達とキスなんかできん、と逃げまわっているうちに、いつのまにか迫ってこなくなった。さっきの電話のようにキスさせろと言うには言うが、無理やりどうこうしようとはしない。

実を言うと、真一はもう司とキスをしている。告白された日の夜、眠っている司の唇に、自《みず》からそっと唇を合わせたのだ。

その不器用なキスのことを、司は知らない。真一だけの秘密である。

言うた方がええんかな、と真一は思う。

言って、友達ではないことをはっきりさせた方がいいのだろうか。

今のところ、真一は以前のまま、友達のままで接している。

だから司も友達として接すれば良いのか、それとも特別な相手として接すれば良いのかわからず、どっちつかずのはぐらかしたような態度をとってしまうのかもしれない。

けど、司は高校んときからずっと友達やし。

いくら特別やと思てても、今更どんな態度とってええかわからへんし……。

「真一、いつまで手ぇ洗てるんや。さっさと来い。コーヒーが冷める」

リビングから司の声が飛んできて、真一は首を竦《すく》めた。

こういうときはほんまに、前と全然変わらへん。

司は、俺にどうしてほしいんやろ。

ちゃんと言うてくれたら、してほしいようにするのに。司が望む通りにするのに。司が嬉しいことは、俺にも嬉しいから。

キスかって……、しても、ええし。

何の抵抗もなくそう思った真一は、鏡に向かって眉をひそめて見せた。司とは対照的な柔和な女顔は、まだ赤く染まっている。

ひょっとしたらあいつが俺に惚《ほ》れてる以上に、俺のがあいつに惚れてるんかもしれん。

「真一！」

再び呼ばれて、真一は赤い顔のままリビングに向かって言い返した。

「今行くがな。おまえ相変わらずイラチやなあ」

「就職、どうや」

司の隣《となり》に腰掛けるなり言われて、真一は苦笑した。

何度も訪ねているうちに、いつのまにか、ソファに座るときは司が左、真一が右、という風に決まっている。定位置である右側に座って安心した真一は、手渡されたコーヒーを受け取り、ありがとうと礼を言った。

「もう決まりそうか?」

心配そうに問われて、真一は軽く首を傾げた。

「いくら何でもそんなに早いことは決まらへん。資料請求のハガキ送ったりネットで応募したり、OBのいてる会社を訪問したり。まだそういう段階や」

司の前では、大変だとか、辛《つら》いとかいう言葉はできるだけ使わないでおこうと真一は決めている。そんなことを言っても、余計な心配をかけるだけだ。

ふうん、と頷いた司は、難しい顔をしてコーヒーを飲む。

「大丈夫か? 地元に戻らなあかんようなことにはならんやろな」

じっと見つめてくる司に、真一は思わず微笑した。

映画の出演が決まって順調なはずの自分の仕事については全く話そうとせず、真一の近況ばかりを聞きたがる。こういうところは、以前と全く変わらない。

「それはない。ちゃんと東京近辺にしか支社がないとこ選んでるから」

ゆっくりとした口調で言うと、司は一瞬、驚いたように目を見開いた。

東京にいたい、つまり、司の側にいたい、という真一の意思を感じ取ったのだろう、すぐに全開の笑顔になる。

金髪のせいか鋭い顔つきが意外なほど幼く見えて、真一は微笑《ほほえ》ましい気持ちになった。

司のこういう顔を知ってるんは、たぶん、俺だけや。

「がんばれよ」

優しい口調で言われて、うん、と頷く。

「がんばる」

今日の就職説明会で抱《いだ》いた不安が、少し和《やわ》らいだような気がした。司が応援してくれているのだから、素直にがんばろうと思える。

俺はほんまに現金や。

「そやけど、無理はしたらあかんぞ。俺にできることがあったら何でもするから、いつでも言うてくれ」

真面目《まじめ》な物言いに、真一は笑いながら首を横に振った。

「そんなんええよ。司は自分の仕事のことだけ考えてたらええんや。もうじき映画の撮影とかあるんやろ。初めての仕事やし、いろいろ大変やと思う。俺のことなんか気にせんといて」

司には、良い仕事をしてもらいたい。自分がその妨《さまた》げになることだけは、どうあっても避《さ》けたい。

そんな気持ちから出た言葉だったが、司は喜ぶどころか、ムッとしたように金色の眉を寄せた。

「俺のことなんかて、そういう言い方はないやろ」

「けど、ほんまに俺のことなんかええんや。おまえの仕事がうまいことといったら、俺も嬉しい。それに就職活動いうたかて、そないにしんどいことばっかりと違うんやで。明日会うOBはバイト先の先輩やった奴やから気ぃ遣《つか》うこといらんし」

「年下の俺では頼りにならんか？」

苛立《いらだ》ったような口調で問われて、今度は真一の方が眉を寄せる。

確かに真一は司より一つ年上だ。小児喘息《しょうにぜんそく》を患《わずら》い、小学校三年を二度経験している。司がそのことを持ち出すのは、決まって何か気に入らないことがあったときだ。

「……何怒ってるんや」

一際《ひときわ》強い視線を感じて思わず顎を引く。

司が怒る理由がわからない。

「別に怒ってへん」

司はぶっきらぼうに答える。その声に含まれた怒気を、真一は確かに感じた。

「怒ってるやないか」

「怒ってへん」

言葉とは裏腹に不機嫌な声でくり返した司は、手に持っていたカップをテーブルに置いた。

「司？」

どうすれば良いのか、何を言えば良いのかわからなくて呼ぶと、司は真一のカップも取り上げ、テーブルに置く。

「何？」

司が何をしたいのかわからない。

真一は不審に思ってその端整な顔つきを見上げた。司はどこか苦しそうな顔をして、テーブルの上のカップを見下ろしている。

髪を金色に染め、耳にピアスをつけた司は、やはり知らない人のようだ。ＣＭやドラマに出ている司も別人のように見えるが、身近にいてこんな違和感を感じるのは初めてである。

「司」

何となく不安になってもう一度呼ぶと、突然司の長い指が伸びてきて、肩をつかんだ。そのまま抱き寄せられ、ソファに押し倒される。

「え、何？　司？」

慌ててもがいたが、もともと真一よりも大きくひきしまった司の体はびくともしなかった。腕の中に閉じ込めようとするかのように、しっかりと抱きしめてくる。

「今度の映画で加瀬祥子《かせしょうこ》と共演するんや」

「加瀬て、あのチョコレートのＣＭに出てるコか？」

そおや、と司は真一を抱きしめたまま頷いた。

加瀬祥子は、去年デビューしたばかりの女優だ。濡《ぬ》れたような大きな瞳とツンと尖った鼻が印象的な、猫を思わせるきつい顔立ちをしている。年は確か十六。今、もっとも人気がある若手女優だろう。テレビで彼女の顔を見ない日はない。

その加瀬祥子と実際に会って話すなんて、真一からすれば夢物語のようなものだ。

「そらすごいなあ。大学の友達でも、あのコのファン多いで」

感心しながら言った真一は、もがくのをやめた。何だかよくわからないが、司は加瀬祥子の話がしたいだけらしい。

「確かにかわいかったわ」

司の低い声が耳元でささやいて、吐息が耳にかかった。くすぐったくて、真一はわずかに身じろぎする。

「加瀬祥子と会《お》うたんか？」

「顔合わせだけはしたから」

ふうん、と真一はうなった。

こうしてじっとしていると、司の体温が少しずつ伝わってくるのがわかる。トクトクと脈打つ鼓動も、はっきりと感じられる。その温かさと胸の響きが全身を優しく包んでくれているような気がして、やけに心地好《ここちよ》い。

思わず吐息をついた真一は、無意識のうちにそっと司の背に腕をまわした。すると、今度は司がわずかに身じろぎする。

「加瀬祥子は主人公の妹役や。俺とのカラミもないことはない」

「おまえと加瀬祥子のツーショットやったら、すごい豪華なエになるな」

真一は素直に感心した。するとまた、覆《おお》い被《かぶ》さっているひきしまった体がびくりと動いた。

わずかの間、沈黙が落ちる。

「……加瀬て、積極的なコでな」

おもむろに口を開いた司の声は、やけに真剣な響きを持っていた。

「携帯の番号教えてくれだの自宅の住所教えてくれだの、衣装合わせのときから付きまとわれてかなわんのや」

「……ふうん」

頷きながらも、真一は、ズキ、と胸の辺りが疼《うず》くのを感じた。

この痛みには覚えがある。

以前、わざわざマンションにまで司を訪ねてきたアイドル女優を目《ま》の当《あ》たりにしたときにも、こんな風に胸が苦しくなった。

あのときは痛みの正体が何なのかわからなかったが、今ならわかる。

嫉妬《しっと》だ。

「休みの日は何してるんか、誰と遊んでるんか、恋人はいてるんか、どんな友達がいてるんか、てもう逆ナンか思うぐらいしつこいんや」

真一はズキズキと痛みを訴《うった》え続ける胸を自覚しながらも、できるだけ平静を装《よそお》って、また、ふうん、と頷いた。司がこんな風に仕事上で知り合った人のことを話すのは初めてだ。いつもはこちらが聞かなければ、決して話そうとしない。

そういや加瀬祥子の気の強そうなとこ、高校んときに司が付《つ》き合《お》うてた女のコらとよう似てる……。

高校一年のとき、司は付き合う女の子を次々と変えていた。四ヵ月前に好きだと告白されたとき、どの付き合いも本気ではなかったと改めて説明された。真一の気をひくために付き合うふりをしていたのだと。

けど、フリでも一応付き合うてたんやし。司って、もともとあいうタイプのコが好きなんやろな。

たぶん、俺とは正反対のタイプ……。

そう考えると、また強く胸が痛んだ。同時に喉《のど》の奥に何かがつまったような、ひどく息苦しい感じがする。思わず唇をかみしめると、耳元で低い声が呼んだ。

「真一？」

いつのまにか黙り込んでしまっていた自分に気付いて、真一は瞬きした。

「ああ、うん。何？」

「何、やない。急に黙るからや。どないした？」

「どうもせん。ごめん、ちょっと考え事してた」

答えた唇に苦笑が上《のぼ》る。

考えすぎや。

就職活動のせいで弱気になっているから、神経過敏《しんけいかびん》になっているだけだ。少しばかり女の子の話が出てきたからといって、嫉妬するなんてどうかしている。

重なっている体は温かいし、抱きしめてくれる腕はこれ以上ないぐらい確かだ。

何も気にすることなどない。

「考え事て何や」

律儀《りちぎ》に尋《たず》ねてくる司に、真一は殊更《ことさら》明るい口調で答える。

「何かおまえの話、嘘みたいやなあ思て」

「嘘やないぞ」

きっぱりと言い切られて、真一は笑った。

「わかってる。ただ、芸能界て俺にとったら別世界やからなあ。就職のことでいっぱいいっぱいの俺とはえらい違い」

やなあて思て、と言いかけた真一は、ハッと口をつぐんだ。密着している司の体がぴく、と反応したのがわかる。

ひょっとしたら、愚痴《ぐち》っぽく聞こえてしまったかもしれない。

それに、こんな言い方したらひがんでるみたいやないか……。

「けど、どの世界でも大変なんは一緒やもんな。おまえかって初めての仕事なんやから、勉強せなあかんこともいっぱいあるやろ」

慌ててつけ足したが、遅かった。

真一を抱きしめる腕を解《と》いた司は、両腕をついて真上から覗き込んでくる。

「就職活動、しんどいんか」

低い声が問う。下から見上げると陰になっているため、司の表情が読み取れない。しかし、漆黒の瞳に込められた熱と激しさだけは伝わってくる。

カッと頬が熱くなるのを感じて、真一はぶんぶんと思い切り首を横に振った。

「大丈夫や。大変なんは皆同じやし」

「俺は皆のことを聞いてるんやない。おまえのことを聞いてるんや」

「大丈夫やって。ほんまに平気」

努《つと》めて明るい声で言うと、司はため息をついた。同時に、見下ろしてくる視線が鋭く尖ったような気がした。

「大丈夫やて言い張る奴は、ほんまは大丈夫やないて言うたんは誰や」

「それは……」

真一である。

司が、疲れているのに疲れていないと言い張ったとき、そう言ってやった。

物覚えがええなあと思いつつ苦笑する。

「ほんまに大丈夫やって。こうやっておまえと会うたら元気出るし」

真一は手を伸ばしてそっと司の肩に触れた。しかし、司は愁眉《しゅうび》を開かない。

「撮影が本格的に始まったら、連絡ぐらいはとれると思うけど、二ヵ月ぐらい会うことができんようになるかもしれん。それでも平気か」

心配してくれている。

さっき感じた胸の痛みが、跡形《あとかた》もなく消え去ってしまうのがわかった。嬉しくて心がじんと熱くなる。

けれど、必要以上に心を砕《くだ》いてほしくない。司の仕事は、司にしかできないことなのだ。その大切な仕事に支障《ししょう》をきたす原因にはなりたくない。

「大丈夫、平気や。会えんときはあのポスター見て元気出すから」

「あのポスターって？」

首を傾げた司に、真一は自然と微笑みかけた。

「ジュエリーのポスター。あれは、俺のためだけのポスターやろ」

去年の十一月頃に貼《は》り出されたジュエリーブランドのポスターには、砂漠に佇《たたず》む司が一人、映っている。司の精悍な顔に浮かんだ怒りにも似た切なげな表情が話題となり、あちこちで盗難が相次《あいつ》いだ。

後で聞いた話だが、撮影のとき、司は真一のことだけを考えていたのだという。

「俺、あのポスター好きや」

まっすぐに漆黒の瞳を見上げて告げると、司は唇を歪《ゆが》めるようにして笑った。整った白い歯《し》列《れつ》がちらりと見える。何か言いたそうに、形の良いすっきりとした唇がわずかに動く。

真一が言葉を待って見上げていると、司はなぜかぎゅっと唇を引き結んでしまった。

そのまま体を退《しりぞ》け、立ち上がる。

「今日はお好み焼きや。準備するから手伝え」

ツンと軽く額《ひたい》をつつかれて、真一は、うん、と頷く。暖房がしっかりきいているというのに、司が離れてしまったせいか、肌寒《はださむ》く感じた。キッチンへと移動する司をじっと見つめる。

またはぐらかされたような気がした。

何なんやろう。

俺の気のせいなんかな。

「おいコラ真一。何をガンたれてんのや」

カウンターの向こうからじろりとにらまれて、真一は瞬きした。どうやら凝視《ぎょうし》しすぎてしまったらしい。決まり悪さと恥ずかしさから、慌ててそっぽを向く。

「ガンなんかたれてへん。その金髪、やっぱり馴染《なじ》めへんなあ思て見てただけや」

笑って言い返しながら、真一は立ち上がった。

余計なことは考えんとこう、と思う。

こうして司と一緒にいられる。側にいて、直接顔を見られる。話ができる。

そのことが何より嬉しい。

今はそれだけで充分だ。


翌日は朝からひどく肌寒かった。喫茶店の窓越しに見える空は、憂鬱《ゆううつ》な気持ちを増長させるような灰色だ。ここ数日、春とは名ばかりの気温の低い日が続いている。

真一《しんいち》は腕時計の針を見た。

午後二時十分。

約束の時間から十分が過ぎている。

既にランチタイムが終わった喫茶店内は比較的空《す》いているが、待ち人の姿はまだ見えない。

新人研修があるとか言うてたし、なかなか予定してた時間通りには動けへんのやろな。

時計から目を離し、紅茶をゆっくりと口に含む。

結局、昨夜《ゆうべ》は司《つかさ》のマンションに泊まらず、自分のアパートに帰った。司は不満顔だったが、強くは引き止めなかった。

もともと司は強引な奴のはずやのに、最近はほんまに諦《あきら》めがええっちゅうか……。

もうちょっと引き止めてくれてもよかったのに。

無意識のうちに漏《も》れた自分のため息で、真一は我に返った。

あかんあかん。これから就職相談やっちゅうのに、司のことばっかり考えててどないすんねん。

今日ここで待ち合わせをしているOB、佐藤悦郎《さとうえつろう》とは、一回生のとき、バイト先で知り合った。学年は真一より一つ上だが、年は同じだ。同じ大学に通っていることは、話すようになってから知った。とはいうものの、学部が違ったので大学で顔を合わせたことはほとんどなかったから、プライベートで遊んだりするほど仲が良かったわけではない。が、他人に聞かれれば、友達です、と答えるぐらいには親しくしていた。

佐藤はスラリと背が高く、なかなか甘いマスクをしているので、黙っているとかなりの二枚目に見える。しかし、話し始めた途端《とたん》に歯切れの良い関西言葉が次々に飛び出し、三枚目に変身する。関西では一番『エエ男』と評される『おもろくて、その上かっこええ』タイプの男だ。当然のことながら、バイト先でも大学でも女の子たちに人気があった。にもかかわらず、男に敵視されることがなかったという不思議な男である。

数多くいたバイト先の仲間の中で、特に佐藤と親しくなったのは、彼が関西出身であったことが大きかったのかもしれない。同じ地方の言葉を話す人間には、どうしても親近感が湧《わ》く。

カラン、とドアについた鐘《かね》が鳴る音がして、真一は視線を上げた。

入ってきた佐藤と目が合う。

軽く手を上げた佐藤は、紺色のスーツにグレーのタイという地味な格好《かっこう》をしていた。学生時代には下ろしていた前髪を上げている。いかにもサラリーマンという感じだが、彼特有の明るい印象は失われていない。

「遅れたな、悪い」

「たかが十分や、そないに待ってない。こっちこそ忙しいのにわざわざ時間割《さ》いてもろて悪かったな」

立ち上がりかけると、佐藤は苦笑しながらその動作を手で制《せい》した。

「相変わらずやな、渡部《わたべ》。ちょっとは図々《ずうずう》しいなってるかなあ思《おも》てたのに」

外見からは想像できない快活《かいかつ》な関西言葉で言いながら椅子の上に鞄《かばん》を下ろした佐藤は、内ポケットから名刺を取り出した。

「そしたらとりあえず名刺」

「あ、ありがとう」

真一は両手で名刺を受け取った。

株式会社ヨシイ。営業二課。

ヨシイは医療機器を取《と》り扱《あつか》う会社として有名だ。大企業ではないが、関東を中心に支社がいくつかある。

「座ろか。あ、俺コーヒー」

注文を取りに来たウェイトレスに告げて、佐藤は腰を下ろした。真一もそれに倣《なら》う。

「久しぶりのような気ぃするけど、卒業式以来やから一ヵ月も経《た》ってへんのやなあ」

佐藤の言葉に、真一は笑って頷《うなず》いた。

「環境が変わったから余計に時間が経ったように思えるんやろ。おまえ、見違えたで。サラリーマンみたいで」

「みたいとは何や、みたいとは。これでもちゃんとしたサラリーマンやで。まだケツに殻《から》くっつけてるけどな」

佐藤はすっきりとした一重《ひとえ》の目を細めて笑った。甘いマスクを鮮《あざ》やかに彩《いろど》る人懐《ひとなつ》っこい笑い方も健在のようだ。

「しかしあれやな、もしおまえがうちの会社に入ってきたら、後輩いうことになるねんなあ」

悪戯《いたずら》っぽい口調で言われて、真一は軽く眉《まゆ》を上げてみせた。

「万が一そうなったらバイト時代の再来やな」

「嫌やなあ。おまえ、見た目優しそうやからぼえーとしとるように見えるけど、仕事はけっこう何でも器用にこなすし、聡《さと》いとこあるからな。俺なんかすぐ追い抜かれそうや」

佐藤は眉を八の字に曲げ、情けない面構《つらがま》えを作った。こうした無防備な顔を惜《お》しげもなく表に出すところが、同性に反感を持たれない所以《ゆえん》なのだろう。

「何言うてんねん。バイトんときかておまえのがよっぽど器用やったやんか。俺の面倒《めんどう》みて、その上で自分の仕事もこなしてたんやから」

笑いながら言うと、佐藤は鼻の頭に皺《しわ》を寄せた。

「それはバイト歴がおまえより長かっただけの話やし、面倒みた言うてもおまえ、すぐに何でもこなせるようになったからな。おい渡部、頼むから俺のライバルにはなってくれるなよ」

「ライバルになるやなんて、俺にそんな度胸があると思てんのか？」

「人は見かけによらんからな」

「ひどいなあ」

標準語だからどうとか、関西言葉だからどうとかいった偏見《へんけん》は持っていないが、こうした軽いジャブを打つような冗談半分の会話は、やはり同じ関西言葉でかわした方がしっくりくる。思ったより早くバイト先に馴染《なじ》めたのも、佐藤の言葉の威力《いりょく》が大きかった。

バイトというのは、オリジナルの西欧料理が売りもののレストランでの給仕《きゅうじ》、つまりギャルソンである。時給が高いからと軽い気持ちで始めたのだが、これがなかなか高級な店で、礼儀作法から言葉遣《ことばづか》いまで徹底していた。それを一から教えてくれたのが佐藤である。もっともこの仕事は、不況のあおりを受けてレストランが潰《つぶ》れてしまったため、二年しか続けることができなかった。

あの頃は、バイトのシフトと司からの電話がかち合わないかといつも気にしていたように思う。主に土曜日と日曜日の昼間働くようにしたのも、司と会う時間帯が夕方から夜にかけての方が多かったからだ。

よう考えたらあの頃から、何を置いても司、司で、俺の生活は司中心にまわってた。

懐《なつ》かしさに笑《え》んでいると、ちょうどコーヒーが運ばれてきた。ウェイトレスの視線が佐藤に向けられるのがわかる。その熱い視線を知ってか知らずか、佐藤は唐突《とうとつ》に身を乗り出した。

「渡部、ちょっと痩《や》せたか？」

ウェイトレスが離れるのを待って尋《たず》ねてきた佐藤に、真一はハッと我に返った。

気が付くと司のことばかり考えてしまうのは、当時も今も変わらないらしい。

「そうでもないと思うけどな。そないげっそりして見えるか？」

気を取り直して言うと、佐藤は整った眉を寄せた。

「就職活動、きついか」

真一は曖昧《あいまい》に首を傾《かし》げる。

「きつい言うか……。どんだけハガキ書いても返事はけえへんし、学歴の足切りもあるし……。たまに話してもらえてもけっこうえげつないこと言われたりして、ストレスは溜《た》まるな。まだ始まったばっかりやのに、自分でもヤワやなあて思うんやけど」

苦笑した真一に、佐藤はいや、と首を横に振った。

「ヤワなことないで。俺かて当時は二、三キロ痩せたからな」

「ほんまか？」

真一は幾分か間抜けな声を出した。いつも明るくてマイペースを崩さない佐藤のことだ。余裕で就職活動を乗り切ったとばかり思っていた。

「そのほんまか、はどういう意味や。おまえ、俺がそないに図太《ずぶと》いと思てたんか？」

コーヒーカップを持ち上げた手をとめ、からかうような口調で問われて、真一は正直に答えた。

「や、図太いとかそんなんと違《ちご》て……、意外やったから」

「何で」

「佐藤て、ストレス溜めるとかそういうタイプやないて思てたんや」

真顔で言うと、佐藤はにっと白い歯を見せた。

「せやから人は見かけによらんちゅうてんねん。このままやったら胃に穴あくかも、とか思いつめたこともあったんやで」

へえ、と真一は感心半分、安堵《あんど》半分で相槌《あいづち》を打った。辛《つら》いのは自分だけではないと思うと、少し気が楽になる。

「就職活動してる真っ最中やと自分だけが悶々《もんもん》としてるみたいに思うけど、皆そんなもんやて」

あっさり言ってカップを置いた佐藤は、鞄の中から大きな水色の封筒を取り出した。中を確かめ、真一に差し出す。

「これ、頼まれてた資料」

「あ、ありがとう。おまえかて入社したてで忙しいのにすまん」

両手で受け取って頭を下げる。これを手に入れるだけでも大変なのだ。佐藤に感謝しなければならない。

「……ほんまに相変わらずやなあ。そのカオでそういう性格は反則やで」

呆れたような口調で言われて、早速封筒を鞄の中にしまっていた真一は、目線だけを佐藤に向けた。その穏やかな顔つきに苦笑のようなものを見つけ、眉をひそめる。

「反則て何やねん」

「そこらのアイドルよりよっぽどベッピンやのに、それを全然鼻にかけへん。その上優しいて気配りできてしっかりもん。まさに世の男の敵やな。っちゅうか、おまえのその性格て、理想の嫁さんの条件にもあてはまるよなあ。なあ」

なあ、と言われても何に同意して良いのかわからず、は？　と首を傾げると、佐藤はため息をついて上目遣いになった。

「今やから言うけどなあ、バイト先の女の子の人気を俺と二分してたんはおまえやぞ」

「俺と、て自分で言いなや。ていうか、おまえはともかく何で俺なんや」

眉をひそめたままにらみ返すと、佐藤は人差し指をビシ、と真一の鼻先に突きつけた。

「それ！　その天然ぶりが敵の証拠やっちゅうねん。世の中にはおまえよりずっとヘチャでも、自分はカッコエエて信じてるアホがようけおるのになあ」

「はあ？　天然て何やねん」

わけがわからない。

真一には女性にもてた覚えなどない。大学に入ってからは特に、声をかけられたことすらないのだ。現にさっきのウェイトレスも佐藤を見ただけで、自分には一瞥《いちべつ》もくれなかったように思うのだが……。

「ええんやええんや、こっちの話。それより渡部、あんまり根をつめて就職のことばっかり考えてんのは体に悪いで。久しぶりに飲みにでも行こうや」

「あ、うん。それはええけど、なあ、敵て何やねん」

「知りたいか？」

意味深《いみしん》な目つきで問われて、うん、と頷くと、佐藤は甘いマスクを惜しげもなく崩して妙なシナを作って見せた。

「それは、ひ、み、つ」


何が秘密やねん。結局、最後まで敵て何なんか、わからんかったやないか。

そう思いながら、真一はアパートの階段を上った。

佐藤とは十五分ほど世間話をしたのだが、敵の意味を知りたかったら飲みに行くのに付き合えと言われたきり、その話は打ち止めになってしまった。

ほんま、わけわからん。

首をひねりつつも、真一は自然と笑みがこぼれるのを感じた。

けど、相変わらずやったし、元気そうで良かった。

自分にとって未知の世界である社会に足を踏み入れた佐藤が、学生時代と変わらずにいてくれたことに、何となく安心する。たった一ヵ月でそんなに人間が変わってしまうとは思えないが、それでも嬉しい。

笑顔のままドアを開ける。同時に、郵便受けから落ちた郵便物を探してコンクリートの土間に視線を走らせたが、そこにはガス代の領収書が一枚落ちているだけだった。

軽く五十枚は資料請求のハガキを書いたはずだが、今日も梨のつぶてらしい。

笑顔を消し、思わずため息をついたそのとき、ビートルズの「ア・ハード・デイズ・ナイト」の着メロが鳴った。この着メロは、大学の友人やバイト先でできた友人等、司以外の人のために使っている携帯電話に入れているものだ。家族と連絡をとるのも、会社からの連絡を受けるのも、この携帯である。

真一は慌《あわ》てることなく鞄を玄関に下ろし、内ポケットから携帯電話を取り出した。

「はい、渡部です」

『渡部君？　西尾《にしお》です』

「あ、こんにちは。ご無沙汰《ぶさた》してます」

司のマネージャー、西尾康之《にしおやすゆき》だ。

真一は考えるより先に、電話に向かって即座に尋ねた。

「司に何かあったんですか？」

電話の向こうで西尾が笑う。

『違う違う。司は大丈夫だよ。相変わらずだなあ』

真一はカッと頬《ほお》が熱くなるのを感じた。

四ヵ月前も、司と仲違《なかたが》いをしていたにもかかわらず、西尾と顔を合わせるなり同じ問いかけをしたのだ。

司に何かあったんですか？ と。

司のことになると、俺はほんまに見境《みさかい》がなくなるていうか、司以外のことは何も考えられんようになってしまうていうか……。

『今日は僕が渡部君に話があって電話したんだ。今、話しても大丈夫？』

「はい。大丈夫です」

真一は靴を履《は》いたまま上《あ》がり框《かまち》に腰掛けた。

足下が少し寒かったが、他ならぬ西尾からの電話だ。待たせたりしたくない。話の内容が司に関係がないことだとしても、西尾が司の身近にいる人であることに違いはないのだ。

『渡部君、今就職活動中なんだろ』

「はい」

『もう決まった？』

「いえいえ、とんでもない。これからです」

真一の答えを聞いた西尾は、そうか、と明るい声を出した。

『それはチャンスだな。うちの事務所からデビューする気はない？』

「……西尾さん、まだそんなこと言うてるんですか」

真一は以前、西尾にスカウトされたことがあるのだ。社交辞令だと思っていたのだが、西尾は本気だったらしく、次に会ったときには書類をそろえて持ってきた。

『絶対いけると思うんだよ。ルックスは申し分ないし、前にも言ったように君には司とはまた違う魅力がある。あいつには間違っても暖かいとか優しいとかいう形容は似合わないけど、君にはぴったりくるんだ』

「俺には無理ですよ。芸能人いうガラやないし。俺なんかよりカッコ良うて才能のある人がいっぱいいてるんやないですか」

苦笑しながら答えると、西尾がため息をつく気配がした。

『そういうところも相変わらずか。司の言った通りだ』

「司が何か言うてたんですか」

『あいつはこうと決めたらテコでも動かへん。宥《なだ》めすかしても褒《ほ》めても怒鳴っても無駄《むだ》やってね。そう言ってた』

西尾のぎこちない関西言葉に、真一は照れくささを感じた。俺のことをそんな風に話してるんやなと考えただけで、胸がドキドキと高鳴る。

きっとぶっきらぼうに、けれど優しい口調で言ったのだろう。あいつは、と。

その声。口調。全て想像できてしまう。

『じゃあとりあえず今はスカウトは諦めるとして、事務所で働くっていうのはどうかな』

「事務所って、どういうことですか？」

『うちのスタッフにならないかってこと。事務方やってた人が今年いっぱいで辞《や》めちゃうんで、新しい人を雇《やと》おうとしてたとこなんだ』

はあ、と真一は幾分か間の抜けた声を出した。西尾の口調は真剣かつ事務的である。どうやら冗談を言っているわけではなさそうだ。

『大学、もうほとんど出なくても良いんだろう？　今からバイトで働いて仕事に慣れてもらって、四月から正社員ってことにすればこっちとしても都合が良いし』

淀《よど》みなく言葉を続ける西尾を、真一は慌てて止めた。

「ちょっと、ちょっと待ってください西尾さん」

右手を前髪に差し込んで軽く息を吐く。

おかしい。西尾はなぜ突然こんなことを言い出すのだろう。

いや、おかしくはないのか。

就職活動をしていることが、司の口から西尾に伝わっていたとしても不思議はない。

真一は履いたままでいた埃《ほこり》まみれの皮靴と、その先にあるコンクリートの土間をじっと見つめた。

いや、待て。

それにしたって、俺みたいな地味でパッとせん奴やなくて、もっと芸能界向きのやり手がおるはずや。

そう、マネージャー職に就《つ》くまでは、凄腕《すごうで》の私立探偵として知られていたという西尾のように。

『渡部君?』

黙ってしまった真一に、西尾は怪訝《けげん》そうに問いかけてきた。

「あ、すみません、何でもないです。あの、西尾さん」

『何だい?』

真一は大きく深呼吸《しんこきゅう》した。

「俺の勘違《かんちが》いやったら謝りますけど、今の話、ひょっとして司に頼まれはったんですか?」

『まさか、違うよ。確かに君が就職活動してるってことは聞いたけど、それとこれとは話が別だ』

西尾は間を置かずに答えた。うろたえた様子は微塵《みじん》も感じられない。その見事な淀みのなさが逆に、真一に直感させた。

司が頼んだんや。

しかし、問《と》い質《ただ》したところで西尾は絶対に本当のことは言わないだろう。真一には西尾を白状させるほどの力量はない。

真一はぎゅっと拳《こぶし》を握りしめた。

「わかりました。すんません、勘ぐるようなこと言うて」

いいんだよ、と西尾は笑う。

『あいつが君に対して過保護なのは僕も知ってるからね。とにかくこの話は司とは関係ないから、考えておいてくれないかな。答えは急がないよ。今年中に返事をくれればいいから。もしうちに来てくれる決心がついたら連絡くれる？』

真一はとりあえず、はいと答えた。ありがとうございます、と礼も言った。

この場で断っては、司から頼まれたわけではないという西尾の話を信じていないと悟《さと》られてしまう。それに、わざわざ電話してくれた西尾にも申し訳ない。

「西尾さん」

『何？』

「司、そこにいますか？」

『いや。今、スタジオにいるんだ。何か伝言でもある？』

真一は目を閉じた。

瞼《まぶた》の裏に浮かんできたのは、司の精悍《せいかん》な顔つきだった。遠くに飛ばした怒りにも似た視線。固く引き結ばれた唇。決して手の届かないものを恋《こ》い焦《こ》がれるような切ない表情。

それは、真一のことだけを考えていたという、ポスターの中の司の顔だった。

「俺は大丈夫やから……、仕事がんばってくれて、伝えてもらえますか？」

真一は目を閉じたまま言った。

短い沈黙が落ちる。その沈黙が、西尾が司に真一の就職の世話を持ちかけられたことを雄弁《ゆうべん》に語っていた。

『……わかった。伝えるよ』

ため息まじりにそう言った後、さっきの話、ほんとに考えといてくれよ、と念を押して西尾は電話を切った。

真一はそっと携帯電話を耳から離した。

閉じたままでいた瞼をゆっくりと開く。そこには、見慣れた玄関のドアがあった。年月を経《へ》たクリーム色のドアは、ところどころ錆《さび》が出ている。

「負担には、なりたないんやけどなあ……」

つぶやいて、真一は両腕で膝《ひざ》を抱き寄せた。

真一が生きている日常と、司が生きている日常には大きな隔《へだ》たりがある。真一に司の日常が想像できないように、司にも真一の日常が想像できないのだ。心配するなと言う方が無理なのかもしれない。

せやからって西尾さんにああいうこと頼むんは、ちょっと違うと思うんやけど……。

あれほど自分のことは自分でどうにかするて言うたのに、俺が怒るとは考えへんかったんかな。

何にしても、司なりに考えてくれた結果であることに違いはないのだ。

昨夜、やっぱり泊まったら良かったな、と真一は今更ながら後悔した。

泊まって行けと言う司を笑みで受け流したのは、何かされるかもしれないという理由からではなかった。長い時間一緒にいると、弱音を吐いてしまいそうで怖かったのだ。司に余計な心配をかけたくない一心だったのだが、その思いがどうやら裏目に出てしまったようである。

真一は再び目を閉じた。

瞼の裏に浮かんできたのは、やはり司の顔だった。

今度の司は金髪だ。昨夜、エレベーターの前で別れたときの顔である。

不満そうに寄せられた眉の端に、気遣うような色が見えた。漆黒《しっこく》の瞳には微《かす》かな苛立《いらだ》ちが映っていたように思う。

「司……」

大切な宝石に口づけるように、ひっそりと呼んでみる。

刹那《せつな》、ズキンと胸が痛んだ。

声が聞きたい。

何も話さなくていいから。

名前を呼んでくれるだけでいいから。

「俺はアホか……」

自嘲《じちょう》した声が震えた。

昨夜会うたばっかりやのに……。

俺がこんなんやから余計に心配かけるんや、と真一は思った。

こんな風に弱い真一を、司は見抜いているに違いない。だから放っておくわけにはいかないと考えてしまうのだろう。

真一は喉《のど》の奥からせり上がってきた熱い塊《かたまり》を、ぐっと飲み下した。目の端に滲《にじ》んだ涙を手の甲で乱暴に拭《ぬぐ》う。

何で泣くんや。

泣いてる場合やないやろ。

俺は、もっとしっかりせなあかんのや。


清潔な会議室に並んで座っているのは、十二名の学生である。皆一様《いちよう》に押し黙っているせいか、室内は異様な緊迫感に満ちている。

真一《しんいち》も例外なく、唇を引き結んだまま身じろぎした。暑くもないのに妙な汗が背中に滲《にじ》んでいる。両隣に腰掛けている学生も、心なしか青い顔をしているようだ。

株式会社ヨシイの本社ビルの五階にあるこの部屋へ通されたのは、今から約三十分前である。佐藤《さとう》と会った翌日に、早速ヨシイと連絡をとった。それから三日後に筆記試験を受け、その二日後に合格通知が届いた。更にその二日後の今日、こうして一次面接の時間がくるのを待っているのである。あっという間にここまできたという感じだ。

ヨシイに対する印象は良かった。本社ビルは清潔で暖かな感じがしたし、人事の社員は皆おしなべて誠実で、学生をばかにしたりしない。社員同士で話しているときもきびきびとしていて、妙な馴《な》れ合《あ》いは感じられなかった。

正直、こんな会社で働けたらええな、と思ったが、内定をもらうまでには、まだまだ越えなければならない試練がある。これから行われる一次のグループ面接に合格できたとしても、次に人事による個人の二次面接があり、その先には役員による最終面接が待っているのだ。

壁にかけられた時計を眺《なが》めながら、真一は小さくため息をついた。

ふいに、司《つかさ》の声が聞きたいな、と思う。

この間会ってから、今日でちょうど一週間経《た》つ。週末を挟《はさ》んだにもかかわらず、司からは何の連絡もなかった。

映画の仕事が忙しいのだろうとは思う。

けど、一言ぐらい連絡くれてもええのに。

この一週間、ふと気が付くと、日に何度も司専用の携帯電話に手が伸びた。その度《たび》に留守電を確かめ、メールをチェックした。着信ゼロの表示に、何度落胆《らくたん》のため息を落としたかしれない。

自分でも、おかしいと思う。

今までにも一週間ぐらい連絡がないことは何度もあった。それでも平気だった。いつになるかはわからないが、絶対にかかってくると信じて電話を待つことができた。

それやのに、たった一週間あいただけでこんなに不安になるやなんて。

ガチャ、とドアが開く音がやけに大きく響いて、室内にいた全員がハッとした。

真一も慌《あわ》てて司の影を頭からかき消す。

ゆっくりとした歩調で室内に入ってきた四十代半《なか》ばほどの人事の男性は、ぐるりと学生たちを見回した。

「お名前をお呼びしますので、呼ばれた方から順に廊下に出てください」

アオキノブオさん、ナツハラコウスケさん、キクカワシゲルさん。

返事をした学生が、次々に立ち上がる。

「渡部真一《わたべしんいち》さん」

真一も、はい、と返事を返して立ち上がった。同時に嫌な予感が頭をかすめる。

名前を呼ばれた順番通りに面接官の質問に答えるのだとしたら、真一は一番最後に応答することになる。ひょっとすると、準備してきた答えと同じ内容を他の三人が先に答えてしまうかもしれない。

これはちょっと、きついかもしれん。

人事の男性に先導される三人の後についていきながら、真一はごくりと息を飲んだ。就職活動中の嫌な予感というのは、なぜかよく当たるのだ。

そして案の定、真一の予感は的中した。質問に答える順番が、全て一番最後だったのである。

最初の質問から、もうだめだった。

ヨシイを選んだ志望動機。

真一が用意しておいた答えを、二番目の学生が答えてしまった。彼は高齢化社会における医療のあり方に触れ、優秀な医療機器を広め、活用してもらうことで社会に貢献《こうけん》したい、というような内容をとうとうと弁《べん》じた。

この時点で、真一の頭の中は真っ白になったと言っても良い。どないしよう。いくらなんでも同じような答えはまずい。

真一は焦《あせ》った。

しかし、焦ったからといって他の答えが浮かぶわけではない。空回《からまわ》りする思考を必死で宥《なだ》めているうちに、とうとう隣の学生の話が終わってしまった。

「では次、渡部さん、お願いします」

面接官の一人に促《うなが》されて、真一はごくりと息を飲んだ。膝《ひざ》の上で握った拳《こぶし》にじっとりと汗が滲む。

三人の面接官は、じっと答えを待っている。

何か、言わなければ。

「私は……、医療機器について、詳しいことは何も知りません」

そこまで言ってしまってから、まずい、と思った。

会社の資料にちゃんと目を通していれば、ある程度のことはわかるはずである。実際、質問されたら答えられるように資料を暗記してきたのだ。

しかし、そんなものは既に頭の中から吹っ飛んでいた。

「ただ、履歴書を見ていただいたらわかるんですが、私は小学校を七年かかって卒業しました。今は完治して風邪も滅多《めった》にひかないぐらいに健康になりましたが、幼い頃は小児喘息《しょうにぜんそく》を患《わずら》い、出席日数が足りなくて小学校三年を二度経験しています」

面接官たちは、改めて手元の履歴書に視線を落とした。

ああ、まずい、とまた思う。

面接で、浪人や留年、病気の話題はタブーだ。友人の中には、グループ面接の際、浪人していたというだけで、質問すらしてもらえなかった者もいるというのに。

しかし、今更話をやめるわけにはいかない。

「それで、病院に行く度に思ったのですが……、どんなに優《すぐ》れた機器がそろっていても、病気は治りません。それを使って治療する人がいて、初めて役に立ちます。私は、医療スタッフと患者さんが安心して治療に専念できるように、お手伝いがしたい。御社《おんしゃ》でなら、それができると思いました」

やっとの思いでそこまで言って、真一は小さく息を吐いた。冷汗がツ、と背筋をつたう。

……あかん。何や言うてることが支離滅裂《しりめつれつ》や。

明らかに動揺している真一を意に介さず、面接官たちはぴくりとも表情を変えずに頷《うなず》いた。

三人のうち、一番左に腰掛けた人物がふいに口を開く。

「なるほど、よくわかりました。しかし、医療機器を扱《あつか》っている企業は他にもたくさんありますよね。なぜヨシイなのですか？」

真一は血の気がひくのを感じた。

何で俺にだけつっこむんや。他の学生には頷いてただけやのに。

なぜって、なぜってそれは……。

真一は懸命に暗記した資料の内容を思い出した。

「大きな、高額な機器ではなくて、直接患者さんが使うような……、そういう機器を主に取り扱っていらっしゃるのと、あと、こちらの社長さんが実際に成人病を患われていて、それで、患者さんの気持ちがよくわかると資料にも書かれていたので、そういう方の下《もと》で働きたいと、思いました」

必死で答えたにもかかわらず、どこかしどろもどろな口調になってしまった。

しかし、面接官はあくまでも表情を変えない。わかりました、と素《そ》っ気《け》ない答えが返ってきただけである。一方で、他の三人の学生がわずかに失笑する気配が感じられて、カッと顔が熱くなった。

正直、終わった、と思った。

その後の質問にも、まともに答えることができなかったのである。

落ち着いて答えようと焦れば焦るほど、抑えていたはずの関西訛《なま》りが如実《にょじつ》に現れ、自分でも何を言っているのかわからなくなってしまった。

全ての質問に対して答える順番が最後だったので、志望動機のように、言おうとしていたことを先に言われてしまったせいもある。が、それよりも、最初の質問でドジを踏んでしまった動揺から、最後まで立ち直れなかったことが大きかった。

つまり、最初から最後までパニック状態のまま面接を受けてしまったのだ。

いくら最初の質問にまともに答えられんかったからって、最後まで気持ちを切り替えることができんなんて……。

情けない。

自分の感情をコントロールできんなんて、ガキみたいや。

面接会場を出て一人帰路《きろ》につきながら、真一は泣きたくなった。ヨシイという会社に対して好印象を持っていただけに、自分の失態が余計に苦《にが》いものに感じられた。

俺、ほんまにこんなんで社会人になれるんやろか。これから先、ちゃんとやっていけるんやろか。

無意識のうちに右手が司用の携帯電話を探し出す。

せめて、声を。

メールでもいいから。

司の存在を、確かめたい。

司がついていてくれるのだと確認したい。

それだけで安心できる。こんなことぐらい何でもないと笑い飛ばせる。

道路脇に立ち止まり、真一は切っていた電源を入れた。ピ、という軽い音を聞きながら、すがるように画面を見つめる。

着信はゼロ。メールも、ゼロ。

「司……」

無意識のうちに呼んだ途端、不覚にも涙が一粒、ぽとりと着信画面に落ちた。通りすがりのサラリーマンらしき男が不審そうにこちらを見る視線を感じて、慌てて手の甲で目元を拭《ぬぐ》う。

自嘲の笑みが自然と唇に浮かんだ。

司に大丈夫やて言うたんは俺自身やないか。

それなのに自分が弱っているからといって、声が聞きたいなんてむしが良すぎる。

真一はもう一度、ごしごしと目元をこすった。

大の男が往来《おうらい》で泣いてるやなんて、みっともない。

ふいに辺りが暗くかげって、反射的に空を見上げる。暖かな日差しが薄雲に遮《さえぎ》られたせいか、吹きつけてくる風が急に冷たさを増したような気がした。

俺は、いったい何やってるんやろう。

強がって、取《と》り繕《つくろ》って、嘘をついて。

それなのに、本当はどうしようもなく弱くて。助けてほしくて。

「司……」

知らず知らず、唇が呼ぶ。

このままやったら、こんな弱い俺のままやったら、司は俺に愛想《あいそ》尽《つ》かすかもしれん。

司の周囲には、眩《まぶ》しいぐらいに輝いている人たちが大勢いるのだ。

たとえば、司好みの、勝気な、有り余る才能を持った……。

加瀬祥子《かせしょうこ》、とか。

頭に浮かんだその名前に、真一はドキリと心臓が跳《は》ねるのを感じた。

そういえば、普段は仕事のことなど口にしない司が、彼女のことだけはあれこれと話していた。積極的な子だと。逆ナンかと思うぐらいだと。

俺がいつまでもはっきりせんから、司は焦《じ》れたんかもしれん。加瀬祥子みたいなかわいいコが側《そば》にいて、その気にならんなんて保証はどこにもない。

そおや。あいつがずっと俺のことを好きでいてくれる保証なんて、どこにもないんや……。

自分のその考えに胸が強く痛んで、真一は携帯電話をぎゅっと握りしめた。再びぼやけてきた視界に気付いて苦笑する。

俺はほんまに弱い。嫌になるぐらい、情けない。

こんなんではあかん、と強く思う。

司はもう、社会に出てちゃんと働いてる。がんばってる。

弱音吐いてる場合やない。

俺もがんばらなあかんのや。

そうやないと、ほんまに嫌われてしまう。

キャー、という甲高《かんだか》い声が聞こえて、真一《しんいち》は何事かと立ち止まった。構内を歩いていた他の学生たちも、驚いたように声の主を振り返っている。

中庭のベンチに腰かけた女子学生二人が、顔を寄せ合うようにして一冊の雑誌を覗《のぞ》き込《こ》んでいた。向けられた視線には全く気付いていないらしい。

「ツカサ、髪切ったんだ！」

「金髪だよ金髪ぅ！」

「見て見て、ピアスしてる！」

「イヤー！　すっごいカッコイイ！　あたし前より好み！」

「似合うよねー！」

辺りを憚《はばか》ることなく大きな声をあげる彼女たちが熱心に見ているのは、昨日発売されたばかりの映画関係の雑誌のようだ。

「『闇《やみ》の果実《かじつ》』っていう小説の映画化なんだって！　リエ、読んだことある？」

「読んだことはないけどさ、あたし、映画は絶対観《み》に行く！」

「ねえ、この写真、加瀬《かせ》も何かかっこよくない？　悔しいけど、やっぱこの二人が並んでると絵になるよねえ」

飽《あ》くことなく雑誌に目を落としている二人に苦笑して、真一は再び歩き出した。

真一も昨日、書店でその雑誌を見つけて買った。そこには、映画に初出演する若手俳優という共通項でくくられて、司《つかさ》と加瀬祥子《かせしょうこ》の二人だけのインタビュー記事が載《の》っていた。久しぶりに見る司は、勝気そうな大きな瞳をカメラに向けたロングヘアの女の子の横で、穏《おだ》やかな笑みを浮かべていた。

本当に、久しぶりだった。

何しろもう三週間も会っていないのだ。声すら一言も聞いていない。

肌寒《はだざむ》くじめじめとしていた気候は、すっかり暖かくなった。ゴールデンウィークに入る前に急激に濃くなった緑は、既に夏の気配を漂《ただよ》わせている。今日も雲ひとつない良い天気だ。

しかし、真一の心は晴れなかった。

それどころか、嵐のように揺れている。

必修の講義に出席するために久しぶりに訪《おとず》れた大学の喧噪《けんそう》は、ただひたすら煩《わずら》わしいだけで、少しも心を和《なご》ませてはくれなかった。シャツにジーンズ、スニーカーという軽装にも、心は浮き立たない。

結局、友人たちの話の輪に混じる気にもなれず、一人で帰宅する途中なのだ。

知らず知らずのうちにため息が漏《も》れる。足取りは鉛《なまり》を引きずっているかのように重い。

落ちたと思っていた株式会社ヨシイの一次面接は、奇跡的に合格することができた。しかし、受け答えに窮《きゅう》したのは事実だから、面接官たちの印象はあまり良くなかったに違いない。二次面接は何とか無難にこなせたが、手ごたえは全くなかった。恐らく最終面接までいくことはできないだろうと思う。

そんな状況に加えて、司からの連絡が完全に途絶《とだ》えてしまったのだ。

不安になるなという方がどうかしている。

以前に喧嘩《けんか》をしたときも、三週間ほど連絡が途絶えた。あのときは、もう司との友達付き合いは終わりだと考えていたから、連絡がなくても仕方がないと思えた。辛《つら》くて辛くてたまらなかったが、耐えなくてはいけないと自分に言い聞かせることができた。

しかし、今は違う。

仲違《なかたが》いをしたわけではない。

それなのに、何の連絡もないのだ。

連絡がないのは、映画に集中しているからなのだろう。真一のことなど忘れて仕事に没頭《ぼっとう》しているに違いない。

それはまさしく真一が望んだ状況である。だから本来は喜ぶべきなのだ。

しかし、どうしても素直に喜ぶことができない。

さらりと頬《ほお》を撫《な》でた爽《さわ》やかな風すら不快に感じて、真一は眉《まゆ》を寄せた。

長く話さなくても良い。

一言、元気でやっていると言ってくれれば良いのだ。それも面倒《めんどう》ならメールでも良い。

何か一言、連絡がほしい。

それで安心できるのに。

そんな風に考えてしまう度《たび》、真一は自分を叱咤《しった》した。

司かて仕事がんばってるんや。俺かて負けてられん。

しかし、司に心配かけんためにももっと強うならなあかん、と己《おのれ》を奮《ふる》い立《た》たせた端から、司、と胸の嵐が叫ぶ。

司、司。

何で連絡くれへんのや。

何で声を聞かしてくれへんのや。

何で。

俺が嫌いになった？

はっきりせんから、愛想尽《あいそつ》かしたんか？

それとも、誰か他の人に心が移ってしまったのか。

雑誌のインタビューで、司は加瀬祥子の演技を褒《ほ》めていた。俺よりよっぽど度胸がある、とも言っていた。また加瀬も、高梨《たかなし》さんとの仕事はとても刺激的でおもしろい、と答えていた。

互いに認め合っているような親しげな雰囲気が、そこにあった。

少し痩《や》せて精悍《せいかん》さを増した長身の司と、同じくスラリと背が高く、胸の辺りまで伸びた艶《つや》やかな黒髪がよく似合う加瀬。並んで写真に写った二人は、文句のつけようのない美男美女カップルそのものに見えた。

司の隣《となり》で勝《か》ち誇《ほこ》ったように微笑《ほほえ》む加瀬祥子の顔が否応《いやおう》なく目について、胸がつぶれるかと思うほど痛んだ。あまりの辛さに、一度目を通したきり、二度とそのページを繰《く》ることができなかったぐらいだ。

頭に浮かんだのは、疑惑。

司は、彼女を好きになってしまったのではないか。

同じ世界で生きる彼女はきっと、仕事に対する司の苦労も苦悩も、正確に理解できる。

俺よりずっと、正確に。

そう考えただけで、吐き気がした。苦しくて苦しくて、涙が出た。

二人のインタビュー記事は、ただでさえつのる一方だった焦燥《しょうそう》を倍増させた。体の奥をじりじりと焦《こ》がすような嫉妬《しっと》と不安が、全身を蝕《むしば》むのを止められなかった。

司が加瀬を好きになるなんて、そんなことは絶対にないと言い切れない自分が、情けなくて苦しい。

真一は無意識のうちにぎゅっと胸の辺りのシャツをつかんだ。

撮影のとき、真一のことだけを考えていたと司が言ったポスターを何回見ても、胸の内を支配する嵐は去らなかった。

体温を持った生身の司でなければ、どうしても心が満足しない。

まるで飢《う》えだ。

司という存在に、心も体も飢えきっている。

「渡部《わたべ》」

ふいに声をかけられて、真一はハッとした。

いつのまにか正門まで来ている。

声がした方を振り返ると、薄手のトレーナーにジーンズという軽装の佐藤《さとう》が立っていた。喫茶店で会ったときよりも若く見えるのは、その服装と額《ひたい》におろした前髪のせいだろう。

「あ……、佐藤」

そうやった。

佐藤と待ち合わせてたんや。

正門前で待ち合わせた時間が正午だったことを思い出して、真一は慌《あわ》てて腕時計を見る。

十二時五分。

わずかながら遅刻である。

「すまん、待たせたな」

駆け寄って頭を下げると、佐藤はわざとらしい渋面《じゅうめん》を作った。

「あ、て何や、あ、て。おまえ俺との約束忘れてたんとちゃうやろな」

昨日、佐藤から電話がかかってきて、明日休みやし飲みに行かへんか、と誘われたのだ。ゴールデンウィークの真ん中に挟まれた平日の中で、四月三十日、つまり今日、一日だけ休みがとれたらしい。

咄嗟《とっさ》に「昼やったら」と答えたのは、ひょっとしたら夜に司から呼び出されるかもしれない、と考えたせいだった。昼間からアルコールかいな、と佐藤は携帯電話の向こうで呆《あき》れていた。

それもこれも何もかも、司のことばっかり考えててすっかり忘れてた……。

罪悪感から頭を上げられないでいると、ぐいと肩を突かれる。

「おいコラ、マジになりなや。たかが五分やないか」

「うん、けど……、ごめん」

つぶやくように謝ると、佐藤が苦笑する気配が伝わってきた。

「何やねん。えらいブルー入ってんなあ」

殊更《ことさら》明るい口調で言った佐藤は、今度はバシバシと真一の背をたたいた。

「何があったか知らんけど、愚痴《ぐち》やったら俺が聞いたんで。そのかわり、今日はおまえの奢《おご》りな」

「何やそれ。そんなん勝手に決めんな」

何となく佐藤が元気づけてくれようとしているのがわかって、真一は微笑した。

バイト先でも、仕事で失敗した者がいると、男女を問わず、よくこうして何気ない口調で励《はげ》ましていた。ただ明るいだけの男ではないのだ。

「とりあえず、駅前のイタ飯《メシ》屋行こ。せっかく渡部が奢ってくれるんや、食いまくるぞ！」

一人決めして、ほな行こかと歩き出した佐藤の後を追う。

「アホ、俺は奢るなんて一言も言うてへんぞ」

「まあそないにケチケチしなや。ケチな男は嫌われる」

追いついてきた真一に、佐藤は上機嫌で笑って見せる。スラリと伸びた彼の長身は、司ほどでないにしても人目をひくらしい。すれ違う女子学生が時折振り返る。

そういや佐藤、学生時代に付《つ》き合《お》うてた恋人、どうしたんかな。

確か佐藤には、大学に入学したときからずっと付き合っている同い年の女性がいたはずだ。真一も、何度か二人が並んで歩いているところを見かけた。佐藤の恋人はショートカットがよく似合う愛らしい女性で、おとなしい感じやけど芯《しん》の強そうな人やな、と思ったことを覚えている。

結婚するような話を聞いてたけど……。

「おい渡部、おまえマジで顔色悪いんとちゃうか？」

横から覗き込むようにして言われて、真一は軽く首を傾《かし》げた。

「そうか？　こんなもんや」

自分が『こんなもん』では済まされない顔色をしていることはよくわかっている。食欲の減《げん》退《たい》と寝不足で、体中が重くてだるいのだ。

「ちゃんと飯食うてるか？」

「うん」

「眠れてるか？」

「うん」

「嘘つけ」

間髪《かんはつ》を入れずに言われて、真一は面食《めんく》らった。見上げた先で佐藤が目を細めて笑う。

「おまえ、大丈夫やないときでも相手に心配かけんとこうとして大丈夫ていうタチやからな」

図星を指されて、真一は内心ぎくりとした。

「そんなこと、ないよ」

佐藤に見抜けた自分の弱さが、六年も側《そば》にいる司に見抜けないわけがない。

やっぱり俺が悪いんや。俺さえもっとしっかりしてたら、司の仕事が順調なことを素直に喜べるのに。

司の心が離れてしまったのではないかと、不安になったりしないのに。何よりも誰よりも大切な司を、疑ったりしないのに。

涙が滲《にじ》みそうになって、ぎゅっと唇をかみしめる。すると、佐藤が苦笑する気配が伝わってきた。

「おまえなあ、あんまり思いつめるなて言うたやろ。それとも、思いつめてんのは就職のことちゃうのか？」

「えっ、いや……」

またしても図星を指されて口ごもると、バッグの中でピリリリ、と呼び出し音が鳴った。

司。

司の電話が鳴ってる!

真一はものも言わずに立ち止まり、慌ててバッグの中に手を突っ込んだ。指が震えて携帯電話をうまくつかむことができない。もどかしさに小さく舌打ちしながらも、真一は電話を耳に押し当てた。

「もしもし」

声までが震えた。

司の声が聞ける。待ち望んだ司の声が。

そう思って息をつめていると、受話器の向こうで軽く息を吐く気配がした。

『もしもし?』

真一は耳を疑った。

耳に飛び込んできたのは、聞き覚えのない若い女の声だったのだ。

何や……?

誰や。

どうやってかけてきた?

この携帯の番号は司にしか教えてないのに。

『もしもし？　高梨《たかなし》さんの友達だよね』

「……そう、やけど」

真一はやっとの思いで答えた。自分のその声が遠くで聞こえて、自分ではない人が答えたような錯覚《さっかく》を覚える。

視界に映る景色は、いつのまにか色を失っていた。ドクドクと心臓が不穏《ふおん》な音をたてている。背中にじっとりと冷汗が滲む。自分が立っているのか座っているのかもわからない。

『あたし、加瀬祥子っていいます。よろしくね』

あっけらかんとした物言いに何も答えることができないでいると、祥子は苛立《いらだ》ったきつい口調になった。

『何よ、あたしのこと知らないの？』

「あ、あの……」

『高梨さんがあんまりにも秘密主義でおもしろくなくてさ。少しぐらい友達のこととか教えてくれたっていいじゃない。ねえ、そう思わない？』

ぶつぶつと低い声で独り言を言ったかと思うと、突然、強い口調で同意を求めてくる。

しかし、返事を期待していたわけではないらしく、電話の向こうにいる人物は真一の返事を待たずにまくしたてた。

『あなた、ツカサとあたしのインタビュー記事、見てくれた？　あたしねえ、ツカサに憧《あこが》れて芸能界に入ったの。だって彼、すっごくカッコイイでしょ？　いつか絶対この人の恋人になってやるんだって決めてたのよ。そういうわけだから、あなたも何かあったら協力してよね』

またしても真一の返事を待たずに一方的に話を終わらせたかと思うと、ブツ、と唐突《とうとつ》に電話が切れた。

携帯電話を耳にあてたまま、真一は茫然《ぼうぜん》としていた。

何で、加瀬祥子がかけてくるんや？

恋人て何？　協力て何？

司は？

司はどないしたんや。

司は！

「おい、どないした渡部」

肩を揺さぶられて、真一はハッと目を見開いた。いつのまにか道端にしゃがみ込んでいたらしい。佐藤が心配そうに覗き込んでいる。

「だ……、大丈夫。何でもない」

それは、佐藤に向かって言った言葉ではなかった。自分に向かって言った言葉だった。

大丈夫。大丈夫や。

何でもない。

きっと何か事情があるはずや。

何で加瀬祥子が電話かけてきたんか、司はきっと説明してくれる。連絡してくれる。

せやから気にすることない。

大丈夫。絶対に大丈夫。

息もできないほど動揺している自分に必死に言い聞かせて、そっと携帯電話を耳から離す。

しかし、それをバッグに戻す手は細かく震えていた。

「おい、立てるか？」

気遣《きづか》わしげに問われて、真一は笑顔を作った。

「すまん、急に……」

立ち上がろうとした足がふらつく。ガードレールに当たりそうになった体を、佐藤が横から支えてくれた。

「全然大丈夫やないやないか。アパートまで送る。飯は今度にしよう」

「大丈夫や、ほんまに」

「アホ、こっちがそんな顔色の悪い奴と飯なんか食えへんちゅうてんねん。おい、ほんまに大丈夫か？」

「ちょっと、気分悪《わる》なっただけ」

真一が肩を支えてくれる腕をそっと退《ど》けながら言うと、佐藤はため息をついた。

「強情やなあ……。そしたらアパートまで送るから」

「ええよ、そんなん。一人で大丈夫やから」

慌てて首を横に振る。

これしきのことで頼ってはいけない。たとえ友達でも。

司の側にいるためにも、俺は強うならなあかんのや。

しかし、そんな真一の心情を知らない佐藤は眉をつり上げた。

「そういうセリフは、もっと顔色のええ奴が言うことや」

「……すまん」

「アホ、謝ってる場合やないで渡部。今度飯食いに行くときは、おまえの奢りっちゅうことが確実に決まったんやからな」

快活な物言いの奥に気遣うような気配が感じられて、真一は情けなくなった。

俺はほんまにあかんタレや……。


誰かが側にいる気配を感じて、真一は眉を寄せた。

ええと、俺は今どこにいるんやったっけ？

夢現《ゆめうつつ》のまま、真一は思い出そうとした。

佐藤にアパートまで送ってもらってから、倒れ込むようにベッドに横になったことは覚えている。どうやらそのまま眠ってしまっていたらしい。

ていうことは、側にいるんは佐藤なんやろか。大丈夫やから帰ってくれて送り出したはずやのに……。

真一はぼんやりと目を開けた。

薄暗い。

今何時やろう。

枕許《まくらもと》にある目覚まし時計に手を伸ばそうとして、ベッドの縁《ふち》に腰掛けている人影に気付いた真一は、ごくりと息を飲んだ。

司。

司がいる。

広い背中を一目見ただけで、それが司だとわかる。

けど何で？

司は今、撮影の真っ最中のはずや。

まさか幻覚か？

あまりにも司のことばかりを考えていたから？

「……司？」

真一は恐る恐る呼んだ。

腰掛けていた人物の背が、ハッとしたように小さく反応する。ギシ、とベッドが音をたてた。

振り向いた人物は、確かに司の顔をしている。薄暗い中でも、金色に染《そ》められた髪と眉ははっきりと見えた。そしてその、見慣れた漆黒《しっこく》の瞳も。

本物の司や。

そう確信した途端《とたん》に、真一は歓喜《かんき》が体中に満ちあふれるのを感じた。ズキンと鋭《するど》い痛みを訴《うった》えた胸がつまる。目の奥がじわりと熱くなる。

あまりにも嬉しくて、何も考えられない。言葉が出てこない。

「目ぇ覚めたか」

低い声がささやいた。長い指先がそっと前髪に触れる。

「気分は？　どっか苦しいとかないか？」

喉《のど》の奥に震えるような歓喜の塊《かたまり》がつっかえて声が出なかったので、真一は無言でこくこくと頷《うなず》いた。

何で三週間も連絡くれんかったんや、と責める言葉も、加瀬祥子からかかってきた電話のことを問い詰める言葉も出てこない。

そんなことはどうでもよかった。

今、ここに司がいる。

そのことが何より大切だった。

「撮影の合間にちょっとだけ時間ができてな。電話して呼び出すより直接おまえんとこに行った方が早いと思《おも》て寄ったんや」

司は真一の方に体を向けるようにして座り直した。右半身が司が腰掛けた方にわずかに傾《かたむ》く。

その傾斜が、本当に司がここにいるのだと教えてくれる。

「そしたらチャイム押しても返事がない。それやのに人の気配はしてる。何かあったんとちゃうかて心配になってな。大家に連絡して鍵を開けさせたんや」

うん、と真一は夢見心地で頷いた。

しかし、次の瞬間、えっと声を上げる。

「大家さんに言うてって……、司、おまえ」

起こしかけた上半身を、司がそっと押し戻す。

「寝てろ。疲れてるんやろ」

「けど……」

「大丈夫や。おまえんとこの大家のじいさん、全然俺やて気ぃ付いてへんかった。そのかわり、耳にいっぱい穴あけて君は不良かとか言われて、散々怪《さんざんあや》しまれたけどな」

大袈裟《おおげさ》に肩をすくめた司に、真一は思わず笑った。すると喉の奥の塊がわずかに減った。

「大家さんな……」

「うん」

司が優しく相槌《あいづち》を打ってくれたことに安心した真一は、ゆっくりとした口調で続けた。

「大家さん、大河《たいが》ドラマとNHKのニュースしかテレビ見てへんて言うてはったから、おまえのこと、知らんのや」

「なるほど。俺の知名度もたいしたことないな」

「何言うてんねん。それより、こんなとこ来て大丈夫なんか？」

「大丈夫て何が」

司の指が再び前髪に触れてくる。くせのない髪をつまむように愛撫《あいぶ》する。その感触が泣きたくなるほど心地《ここち》好《よ》い。

真一は知らず知らずのうちに、うっとりと目を閉じた。

「誰かに見られたりしたら、また変な記事書かれるんとちゃうか」

「変な記事て？」

せやから、と真一は口ごもった。

「このアパートに住んでるコの中におまえと付き合うてるコがいてるとか……」

「それは変な記事とちゃう。事実や。おまえがここに住んでるんやからな。俺は別に誰に知られてもかまへんけど」

その真面目な口調に驚き、真一は司を見上げた。

「司……？」

「心配すんな。おまえを好奇心の塊のアホどもの前にさらすようなことは絶対せん。帽子かぶってグラサンしてここまで来た。まさか高梨司がフツーに電車乗って歩いて来るなんて誰も思てへんやろ」

苦笑まじりにそう言いながら、司は真一の前髪を撫でていた指を頬に移動させた。冷たい指先が滑《なめ》らかな輪郭《りんかく》をたどる。

「おまえ、痩《や》せたか？」

ううん、と真一は首を横に振らずに、声だけで否定した。

首を横に振ったら、司の指が頬から離れてしまう。そんなもったいないことはできない。一秒でも長く触れていてほしいのだ。

「司こそ、痩せたんとちゃう？」

「俺が痩せたんは役作りや」

「仕事、うまいことといってるか？」

ん、と司は短く頷く。

そうか、と答えた真一は、ふいに昼間かかってきた電話のことを思い出した。安堵《あんど》と幸福感に浸《ひた》りきっていた心に、強い不安がみるみるうちに甦《よみがえ》ってくる。

あたし、加瀬祥子っていいます。よろしくね。

わずかに低い、アルトの声。

「なあ、司？」

「何や」

司をまっすぐに見上げる。

司もまっすぐに見下ろしてくる。

薄暗くて、どんな表情をしているのかよく見えない。しかし、熱を孕《はら》んだ視線ははっきりと感じられる。

「何や、どないした」

静かに問われて、真一はぎゅっと唇をかみしめた。

何で加瀬祥子が俺の携帯に電話かけてきたん？

そう聞きたいのはやまやまだ。

しかし、今、それを聞くのは良くないのではないだろうか。

もちろん、司が何らかの理由で加瀬に番号を教えた可能性はある。

しかし、司は何も知らない可能性もあるのだ。加瀬祥子が勝手に司の携帯電話で悪戯《いたずら》しただけなのかもしれない。

もしそうだとしたら、余計なことを言わない方が良い。司と加瀬祥子の関係が悪くなったら、きっと撮影にも影響が出てしまう。

俺は、司を信じてる。

それぐらいの強さは持ってるつもりや。

司が仕事で一緒になっただけのコの存在に、揺れてどないする。

「ごめん、何でもない」

真一はゆっくりと微笑して見せた。何とかうまく笑えたのを感じて、ほっとする。

しかし、双眸《そうぼう》に注《そそ》がれた司の視線は、なぜか刃《やいば》のように鋭くなった。

「ほんまに何でもないんか？」

「うん」

こくりと頷くと、司は真一の頬に触れていた指を離した。かわりに、顔のすぐ脇《わき》に手をつき、真上から覗き込んでくる。

「真一」

「何？」

「就職活動、どうなってる？」

「どうて、ちゃんとやってる。大丈夫や」

「大丈夫？　ほんまか？」

「ほんまや。せやから心配することいらん。俺は大丈夫やからおまえは仕事に集中してくれ」

俺はつくづく現金やな、と真一は思う。

仕事に集中して連絡をくれない司を恨めしく思っていたのに、こうして顔を見て声を聞き、その存在を側に感じることができただけで、こんなきれいごとを言うことができるなんて。

「……真一」

低く呼ばれて、真一はわずかに眉を寄せた。

ひどく不機嫌な声だ。電気をつけていないせいで真上から見下ろしてくる司の表情は読めなかったが、その声の調子から、切れ長の目許《めもと》がつり上がっていることは容易に想像できた。

「司……？　どないしたん？」

「佐藤て誰や」

真一はきょとんとした。

なぜ司が佐藤の名前を知っているのだろう。

不思議に思いつつ答える。

「友達や。バイト先の先輩やった奴で、うちの大学のＯＢやねん。こないだ就職の相談に乗ってもうたんや」

「何でそいつがおまえに電話かけてくるんや」

「電話？」

「留守電や。ついさっき、今度の休みまでに復活しとけよってメッセージ入った」

「そうなん？」

眠り込んでいたせいで、気付かなかったらしい。きっと真一の憔悴《しょうすい》ぶりが心配になって電話してくれたのだろう。

「今度の休みて何や。何か約束あるんか」

司の声が不機嫌を通り越して怒りを滲ませていることに気付いて、真一は眉を寄せた。

司が何に対して怒っているのかわからない。

友達からの他愛《たわい》ないメッセージの中に、怒らせるような内容があったとも思えない。

「約束て、ほんまは今日の昼を一緒に食べるつもりやったんやけど、途中で俺が気分悪なって食べられんようになって……。せやからその埋《う》め合《あ》わせで……」

司の体から発せられる熱に気圧《けお》されて、真一は自分の声が段々と小さくなってゆくのを感じた。

沈黙が落ちる。

司は身動きひとつしない。真一を真上から見下ろした体勢のまま、ただ突き刺すような視線を投げかけてくる。獲物《えもの》を追い詰める獣《けもの》のような獰猛《どうもう》な視線にさらされて、真一は無意識のうちに体を強張《こわば》らせた。

「……司……？」

問いかけるように呼んだ次の瞬間、ベッドがギシ！　と大きな音をたてた。あれ？　と疑問を感じる間もなく、乱暴に唇をふさがれる。

「……っ！」

真一は目を見開いて、眼前にある司の切れ長の目許を見つめた。そうしている間に司がのしかかってくる。反射的に抵抗しようとした真一の両腕をベッドに押さえつけ、更に深く唇を合わせてきた。

それは、以前真一が眠っている司にしたような柔らかなキスではなかった。

濡《ぬ》れた感触が歯列《しれつ》を割り、思う様口腔《こうこう》を探ってくる。初めての経験に怯《おび》えて逃げる舌を巧《こう》妙《みょう》に絡《から》めとられる。

濃厚な、貪《むさぼ》るようなキス。

「んっ……」

ぞくぞくと背筋が粟立《あわだ》つ。

全身が痺《しび》れるようだ。

息ができない。苦しい。

正直、何が起きているのかよくわからなかった。

大変なことになっていると気付いたのは、シャツのボタンをはずした司の指先が、直接素肌《すはだ》に触れてきたときだ。

「え……？　司？」

呼んだ声は、これが自分の声かと驚くほど甘くかすれていた。

しかし、司は何も答えてくれない。返事のかわりだとでも言うように、耳朶《じだ》にかみついてくる。固い歯の感触と熱い吐息が柔らかな肌に触れて、ギクリと体が強張った。それが合図となったかのように、大きな掌《てのひら》が胸元を撫で上げる。

「つ、司、ちょお、ちょお待て。待って」

真一は慌ててもがいた。しかし、鍛《きた》えられた司の体はびくともしない。

「司っ」

非難するように呼んだ唇を、またふさがれる。その拍子に、カツ、と小さな音をたてて互いの歯がぶつかったが、司は口づけをやめようとはしなかった。

「ん、……んんっ」

背《そむ》けようとした顎《あご》をつかまれる。

長く激しいキスに奪われそうになる意識に必死でしがみつき、真一は考える。

司は何で急にこんなことするんや。

何も言わず、何も聞かず、承諾《しょうだく》を得ようともせず、なぜ。

何かあったのだろうか。

こうして強引に口づけずにはいられないほど、司を不安定にさせる何かが。

ぼんやりとそう考えたとき、ふいに司の唇が離れた。互いの濡れた唇から甘い吐息が漏《も》れる。

くずおれてきた熱い体を受けとめて、真一は、初めて自分の体も焼けるように熱くなっていることに気付いた。

……めちゃめちゃびっくりした。

びっくりしたけど、全然、嫌やなかった……。

今、重なっている体も少しも不快ではない。

俺はやっぱり司が好きなんや。

友達としてやなく、好きなんや。

そう改めて実感すると、不思議な感動がじわりと心の内に広がる。

いつのまにか解放されていた手を伸ばし、真一はそっと司の背を撫でた。

「……どないしたんや、司……。何か、あったんか……?」

びく、と過剰《かじょう》なほどに司の体が跳《は》ねる。

「……何でおまえは、そうなんや……」

耳元で低い声でつぶやいた。

「司……?」

そう、というのが何のことなのかわからず問いかけると、司は突然起き上がり、真一に馬乗りになった。そして真一の顔を挟《はさ》むようにして両手をつく。

意図がわからず、半《なか》ば啞然《あぜん》として司を見上げる。すると司は、射殺《いころ》さんばかりの苛烈《かれつ》な視線を投げつけてきた。

　真一は思わず息を飲んだ。

　司のこの視線の前では、真一は生まれたての赤ん坊も同然だ。何の抵抗もできない。理性も良識も常識も、全てが屈伏《くっぷく》する。

「何でおまえは俺が連絡せんかったことを責めんのや。何で自分から連絡しようとせんのや。俺が他の女の話しても平気な顔してるんは何でや。しばらく会えんて言うてるのに何で大丈夫て言うんや。無理やりキスしたのに、何で怒らへんのや。おまえは俺に会わんでも平気なんか。俺の声を聞かんでもええんか。会いたいとは思わんのか」

　怒鳴《どな》る一歩手前の激しさで問い詰められて、真一は瞬《まばた》きした。司が本気で怒っていることは、食らいつくような視線からも充分に伝わってくる。

　しかし、なぜそんなに怒っているのかわからない。

「そら、会いたい。会いたいけど……、おまえの仕事の邪魔にだけはなりたないんや。負担になるんは嫌や。せやから……」

「俺は」

　司の強い語気が真一の言葉を遮《さえぎ》る。

「俺はおまえを邪魔やなんて思たことはいっぺんもない。負担やと感じたこともない」

「司、俺」

言いかけた真一の言葉を、司は再び遮った。

「むしろ逆や。何でもっと頼ってくれへんのか、本心を明かしてくれへんのか……。いっつも物足りんかった。友達付き合いしてたときは、おまえの性格からして対等でいたいんやろなて思てたから、それも仕方ないて割り切れたんや。けど、今は違うやろ。おまえが今俺のことをどう思てるんかはわからんけど、俺はおまえが好きやて言うたやろ。高校んときからずっと惚《ほ》れてるて。おまえだけやて」

司の端整《たんせい》な顔が歪《ゆが》む。

泣き出しそうや、と真一は思った。

好きやと告白をしてきたときの悲痛な表情とはまた違う。怒りと苛立ちと心細さを混ぜ合わせたようなその顔は、泣き出しそうであるにもかかわらず、今まで見たどの顔よりもひどく男っぽく見えた。

「俺はおまえに頼られたいんや。もっと甘えてほしい。わがままかて聞いてやりたい。強いとこも弱いとこも、おまえの全部を受け入れたいんや。真一、俺はそんなに頼りないか？　おまえの口から名前も聞いたことないような、どこの馬の骨かもわからんダチには話せることを、俺には話せんのか。そいつには相談できても、俺にはできんのか。おまえのわがままとか弱音を聞いてやれんような、器《うつわ》の小さい男に見えるんか」

「そんな、そんなことないっ！」

責めるように言いつのる司に驚いて、真一は必死で叫んだ。

本当にそんなつもりではなかったのだ。

ただ良い仕事をしてもらいたかった。

司が望んだ仕事。司が大切にしている仕事。その仕事の邪魔になるぐらいなら、自分など消えた方がましだと思った。

だからこそ、強がって見せたのだ。

俺が司の仕事の苦悩を理解できんように、司もきっと、俺の世界の苦悩はわからへん。だから、せめて無駄な心配はかけたくないと、その一心だった。それなのに。

司に会えず、声すら聞けなかったこの三週間、腹に溜《た》めてきた疑惑と焦燥、そして嫉妬と不安が、一気に飽和状態《ほうわじょうたい》になるのがわかった。胸の内にコントロールできないどろどろとした感情が湧《わ》き出《だ》し、瞬《また》く間《ま》に思考を侵《おか》す。

俺と司とでは、生きてる世界があまりにも違い過ぎるんや。甘えるとか頼るとか、そんな単純なもんやない……！

真一は自分でも正体のつかめない激情を喉元で殺しながら、司をにらみ上げた。

「……おまえかて……、俺に、弱音吐いたことないやないか。自分のことは、自分で解決してるんやろ。俺かて、がんばってるんや。今、必死なんや……！」

声が震えた。暗闇のせいで、ただでさえはっきりとしない司の輪郭が更にぶれる。真一は、今にも泣き出してしまいそうな自分を何とか抑《おさ》えた。

「それやのに……、何で」

そんな簡単に甘えろとか言うんや。

そう言おうと真一が口を開きかけたとき、ピリリリ、と携帯電話が鳴った。耳慣れないその呼び出し音は、司が着ているジャケットから聞こえてくる。

舌打ちした司はポケットから素早く携帯電話を取り出した。しかし、そのまま電話に出ることなく電源を切ろうとする。

真一はぎょっとして司の腕を強くつかんだ。

「切ったらあかん。きっと仕事の電話や」

「離せ。おまえのが大事や」

振り払おうとする司に、真一は必死でしがみついた。

「あかんって！　おまえ仕事の途中で抜けてきたんやろ！」

「仕事なんかどうでもええ！」

司が吐き捨てるように言った次の瞬間、カッと頭に血がのぼった。

どうでもいいはずがない。

司の仕事は、司にしかできない仕事なのだ。同じ仕事でも、真一が探している『仕事』とは違う。全然違う。

その『仕事』すら、なかなか手に入れることができないというのに……！

どこにそんな力があったのか、真一は司を跳ね飛ばした。壁に背をぶつけてイタ、と声をあげた司の襟元《えりもと》をつかみ、しめ上げる。

「どうでもええことないやろ！　おまえが好きで選んだ大事な仕事やないか！」

頭ごなしに怒鳴りつけた真一を、司は切れ長の目を丸くして見上げてきた。

床に落ちた携帯電話の呼び出し音が、プツ、と途絶える。

息づまるような沈黙が落ちた。

互いの息遣いだけが聞こえる。

「……真一」

司が呼んだそのとき、再びピリリリリ、と携帯電話が鳴った。

真一は司の襟からおもむろに手を離し、ベッドから降りて携帯電話を拾いあげた。無言でそれを司に差し出す。

おとなしく受け取った司は、今度はちゃんと通話のボタンを押した。

「もしもし」

耳に携帯電話をあてた司は、いたたまれなくなったのか、ふいと視線をそらせた。

真一も司の精悍な顔つきを見ていられなくて、うつむく。

体中が熱かった。弾《はず》む息も頭に上《のぼ》った血も、思考を侵す激情も、なかなか平静に戻らない。

「……ああ、うん。……え？　別に何ともないから。うん」

さっきまでとは打って変わった流暢《りゅうちょう》な標準語が耳に入ってきて、真一はギクリと体が強張るのを感じた。

西尾《にしお》が相手なら、司はきつい関西言葉を話す。

つまり今、司が話しているのは西尾以外の誰か、だ。

「ごめん、待たせて。そのシーンは後だって聞いてたんだけど。……うん、悪い。西尾さんにもスタッフの皆にも、すぐ戻るって伝えてくれないか？」

初めて聞く司の穏やかな語り口の合間に微《かす》かに聞こえてくるのは、聞き覚えのあるアルトの声。

加瀬、祥子。

少しずつではあるが、治まりかけていた激情が再び燃え上がり、全身を焦がすのを感じて、真一は唇をかみしめた。

何で西尾さんやないんや。

何で加瀬祥子なんや！

「……だから何ともないって。すぐ戻るって言ってるだろ。……うん、わかったから。じゃあ」

落ち着いた口調で答えた司は素早く電話を切ると、ゆっくりと立ち上がった。うつむけた額の辺りに、視線を感じる。

司の言葉を聞くのが怖くて、真一は激情のままに自分から口を開いた。

「仕事なんやろ。早《は》よ行け」

予想以上に固く尖《とが》った声が出る。

「真一」

「スタッフの人にも共演者の人にも、迷惑がかかる。早よ、戻れ」

「……………」

司が言いかけた言葉を飲み込む気配がした。

「……ほな、行くわ」

数秒の沈黙の後に聞こえてきたのは、馴染《なじ》み深い関西言葉だった。

遠ざかる足音がする。靴を履《は》いている気配がした。

「車に」

真一は自分の足先を見つめたまま言った。司が振り向いたのが、何となくわかった。

「車に、気ぃ付けて」

「……うん」

カチャ、とドアが開く音がした。続けて静かにドアが閉まる音が聞こえる。

真一はそこでやっと顔を上げることができた。

しかし、当然のことながら、室内のどこを捜しても司の姿はなかった。ただ、ここに司がいたという確かな存在感だけが残っていて、そのことが逆に司の不在を真一に強く訴えかける。

さっきまでここにいたのに、もういない。

呼んでも叫んでも、声はもう届かない。

すうっと体温が一息に下がった気がした。激情も、頭に上っていた血も、嘘のように引いてゆく。

後に残ったのは、圧倒的な喪失感《そうしつかん》だけだ。

胸がズキンと痛んで、真一は唇をかみしめた。目の奥が痛くなったかと思うと、体が震え出す。

司がせっかく仕事より大事やて言うてくれたのに、俺はそれを否定した。嬉しいの一言も言わんと、仕事へ行けて言うてしもた。

それも、俺の勝手な嫉妬と焦《あせ》りにまかせて。

後悔しても、一度出した言葉はなかったことにはならない。

きっと司は誤解しただろう。

俺がそんなに司を好きやないて、誤解した。仕事してる司しか好きやないて、思われたかもしれん。

俺は、ほんまに嘘つきや。

会えんでも、連絡がなくても平気やなんて嘘や。大嘘や。

真一は崩れるようにその場に座り込んだ。堪《こら》え切《き》れずに嗚咽《おえつ》が漏れる。

ほんまは会えんと寂《さび》しい。めちゃめちゃ辛い。

心も体も、司を求めている。

司の存在を、何よりも必要としている。

真一は両手で顔を覆った。堰《せき》を切ったように次々と溢《あふ》れてくる涙は、一向《いっこう》に止まる気配がない。胸が焦げつくように痛む。吐く息までもが司への想いで熱をもつ。

俺はほんまに弱い。

司が見抜いた通りや。

司なしでは、自分の足で立つこともできん。

それやのに、くだらん意地ばっかり張って。無理して突っ張って強がって。

世界が違うことなんて最初からわかっていたのに、自分の就職活動がうまくいっていない焦りから、八つ当たりまでしてしまった。

最低や、と思う。

こんなんやったら、司に愛想尽かされても仕方ない。心変わりされても、仕方ない。

俺は、どうしようもないアホや。

どうせこの弱さを隠しきれんのやったら、ほんまのことを言うたらよかった。俺も好きやて、キスも嫌やないて、言うたらよかった。

あんな言い方してしもたら、きっと司はもう、会うてはくれても抱きしめてはくれへん……。


ピンポーン、というチャイムの音がして、真一《しんいち》はハッと目を覚ました。

司《つかさ》。

寝起きであるにもかかわらず、真一は真っ先にその名を思い浮かべた。

司。司かもしれん。

ベッドから起き上がろうとした途端《とたん》に目眩《めまい》がした。再び倒れ込みそうになるのをきつく目を閉じることでやり過ごし、立ち上がる。

無意識のうちに玄関に向かおうとして、足下がふらついた。バランスを失った体が、テーブルに思い切りぶつかる。

「っ！」

腿《もも》の辺りをしたたか打った真一は、痛みのあまり足を引きずりながら、何とか玄関のドアにたどりついた。

ノブをつかみ、勢いよくドアを開ける。

「司っ！」

司の姿を捜す。

何千人という人ごみの中でも一際《ひときわ》目立つ、司の姿を。

しかし、朝日を浴びてそこに立っていた人物は、司ではなかった。

「……佐藤《さとう》……」

出勤前なのだろう、スーツ姿の佐藤が立っていた。

司の存在を期待して高揚《こうよう》していた気持ちが、一息に冷める。肩の力が抜けたかと思うと、ついでに全身の力が抜け落ち、その場にへなへなと座り込んでしまった。

「あ、おい、大丈夫か？」

佐藤が慌《あわ》てて膝《ひざ》を折る。

「大丈夫……」

「どこが大丈夫やねん。おまえ、昨日よりひどい顔色してるで、ちゃんと休んだんか？」

うん、と真一は曖昧《あいまい》に頷《うなず》いた。

本当は、ほとんど休んでいない。泣き疲れた挙句《あげく》、夕食もとらずにそのまま眠ってしまったのだ。

「まあええわ。とにかく、これ」

ガサ、という音と共にコンビニのビニール袋が差し出された。中にはサンドイッチが二つと、小さめのペットボトルが一つ入っているようだ。

「これ……？」

「昨日電話しても留守電になってるし、きっとそのまま寝てもうて何も食《く》うてへんやろと思てな。コンビニで買《こ》うてきた出来合いのもんしかないけど、食え」

穏《おだ》やかな目鼻立ちに、にっと悪戯《いたずら》っぽい笑みが浮かぶ。

「え……、あの、わざわざ、買うてきてくれたん……？」

「自分の買うついでや。ちなみにここに寄ったんも会社行くついで。言うとくけど、奢《おご》りやないで。出張費こみで千円いただきます。毎度」

「ケチやなあ……」

「あ？　何やて？　何か言うたか」

「いいえ、何でもないです。ありがたくいただきます」

真一はほとんど泣き笑いのような顔になりながら、素直にビニール袋を受け取った。

バイト仲間だった当時も、こうしてさりげなく助けてもらったことが何度もあった。

それに比べて俺は、俺自身が司を追いつめてることも知らんと、きれいごとばっかり言うて……。

「ケンカしたんか？」

静かに問われて、真一はきょとんとした。佐藤が珍しく真面目《まじめ》な顔でじっと見つめてくる。

「目が赤い。泣いてたんとちゃうのか」

「あ……、いや、これは」

真一は慌てて顔を伏せた。

あれだけ泣いたのだから、目どころか目許《めもと》も瞼《まぶた》も赤く腫《は》れていることだろう。

そういや俺、顔も洗《あろ》てない。

疲れきっているだけならまだしも、寝ぼけた顔をさらしていることに今更のように気付いて、真一は羞恥《しゅうち》に顔が熱くなるのを感じた。

「渡部《わたべ》」

ふいに呼ばれて、真一はうつむいたまま答えた。

「何？」

「ツカサて、おまえが一年のときから付《つ》き合《お》うてるコか？」

「え？」

真一は驚いて顔を上げた。

佐藤は目を細めて笑う。

「おまえが誰かと付き合うてるんはわかってた。できるだけ土日の昼とかにバイト入れてたんも、どんだけ合コンに誘われても絶対行かんかったんも、そのコと会う時間を作るためやろ?」

「いや、別に、そういうわけや……」

真一は再びうつむき、口ごもった。

まさか、佐藤にそんな風に見られているとは思ってもいなかった。それに、あのときはまだ司とは普通に友達付き合いしていたのだ。それでも恋人として付き合っているように見えたのだろうか。

「渡部、俺なあ。カノジョと別れたんや」

ふいにそう言われて、真一はハッと顔を上げた。

佐藤は笑っていた。しかし、笑っていたのは口元だけで、目にはやりきれない苦しみが映っていた。

「ミキ、てこれ俺のカノジョの名前なんやけどな。ミキの母親が去年、倒れて入院したらしいんや。ミキ本人もそのこと知らんかったそうなんやけど、その三ヵ月後にまた倒れはって。二回目の入院となると隠しとくわけにもいかんやろ、半年ぐらい前に父親からミキに帰ってこいて連絡があったらしい。ミキ、一人娘やし、両親もいろいろ不安になったんやと思う。卒業式のちょっと前に実家のある埼玉に帰るから別れてくれて言うてきた。埼玉やったら近いもんやし、おふくろさんが落ち着いたら結婚しようて言うたんやけど、ミキは別れるて言い切りよった」

佐藤の世間話をするような屈託《くったく》のない口調を、真一は黙って聞いていた。

「母親がな、ひょっとしたら介護《かいご》が必要になるかもしれんのやて。父親は仕事あるし、母親の介護するんはミキ一人や。あいつ、もしそうなったら子供も作れへんし満足に家事もできんかもしれん、そんな女と結婚してもしゃあないやろって言うねん」

「佐藤……」

　何と言って良いかわからず、しかし、何か言わなければならないと思って、真一は呼んだ。佐藤は、はは、と眉《まゆ》を下げて笑う。

「俺、ほんまアホなんや。いくら就職活動が忙しかったからって、ミキが半年も前からいろいろ考えて苦しんでたことに気付いてやれんかった。しかも、ミキがそんな女と結婚してもしゃあないやろって言うたとき、ただ黙って下向いてたんや。そんなん関係ない、ミキはミキやから結婚しようとは言えんかった。ほんま、最低やで」

　明るい口調で言い切った佐藤は、スイッチを切り替えたように、突然真顔になった。

「けどな、俺に何の相談もせんと何もかも勝手に一人で決めてしもたミキもアホや。人間なあ、口で言わなわからんねん。言葉にせんでどうやって相手の状況がわかるんや。超能力者やあるまいし、心なんか読めるわけない。相談してくれな、一緒に考えることもできん」

　そこまで一息に言うと、佐藤は夢からさめたように瞬《まばた》きした。たちまち真面目な顔が消え失せ、いつもの明るい顔になる。

「おまえがこないになるまで泣かすなんて、相手はなかなかの女傑《じょけつ》やな」

赤く腫れた目許を指差し、からかうように言われて、真一は慌てて首を横に振る。

「いや、これは俺が勝手に……。あいつが悪いわけやないねん」

ふうん、と頷いた佐藤は、しゃがみ込んだ姿勢のまま真一を覗《のぞ》き込《こ》んだ。

「仲違《なかたが》いいうのんは、大抵《たいてい》、どっちか一方が悪いわけやない。どっちもどっちやで」

「けど、ほんまに俺が悪いから」

「ほんまにか？　自分を責めるばっかりやのうて、相手にも悪いとこがなかったか、よう考えてみい」

佐藤の問いかけが上《うわ》っ面《つら》だけのものではなく、彼の苦い体験からきていることを直感して、真一は一瞬、言葉につまった。

「そんなん……、ない。元はと言えば、俺が正直な気持ちを言わんかったんが、悪いんやから……」

ズキ、と思い出したように胸が痛んだ。

後悔が今更のように押し寄せてくる。

今かて、会いたい。

昨夜《ゆうべ》、あれっぽっち会《お》うただけでは足らん。

会いたい。

だからこそ、司が訪《たず》ねてきてくれたのではないかと思って、顔も洗わず、身仕度《みじたく》もせず、一《いち》目散《もくさん》に玄関に出たのだ。

「そしたら相手は正直な気持ちを言うてたか？　ちゃんと口に出しておまえに伝えてたか？」

佐藤の静かな問いに促《うなが》されて、真一は考えてみた。

昨夜、初めて司の本心を聞いた。

それまでは、もっとわがままを言え、もっと頼れなんて言われたことはない。弱音を吐かないことを責められたこともない。

真一だけではない。司も、本心を隠していた。

……けど、そうさせたんは俺なんや。

「恋愛には確かに駆け引きも大事やけど、駆け引きばっかりしてたら、お互いの本心がわからんようになってしまうで。ほんまに大事な相手やったら尚更《なおさら》や」

諭《さと》すような佐藤の物言いに、真一は弱々しく首を横に振った。

「駆け引きなんか、してへん。ただ俺が、あいつなしで一人で立ってられんような弱い人間なだけで……」

「それのどこが悪いねん。一人で立ってられんときに支えるんが恋人やろ。支えてもうたらええがな」

あっさりと言われて、真一は思わず顔を上げた。佐藤は眉間をしかめながら笑うという奇妙な表情をして、真一の肩をポンと軽くたたく。

「支えさしてもらえへんのも、けっこう辛《つら》いで」

真一は言葉につまった。

そうなのだろうか。

支えてもらっても良いのだろうか。

支えてもらうことで、自分の存在が負担になりはしないのか？　鬱陶《うっとう》しいと思われはしないのか。

……わからない。

経験がないのだ。

司以外の誰も、好きになったことがないから。

黙り込んでしまった真一からそっと視線をはずすと、佐藤は腕時計を見た。

「さあて。俺、そろそろ会社行くわ。後は自分で立ち直れ」

身軽に立ち上がった佐藤につられて、真一も立ち上がる。足がふらついたが、何とかキッチンにつかまって立つことができた。

「わざわざ、悪かったな」

「気にすんな。偉そうなこと言うたけど、俺は失敗した人間やからな。せめておまえは俺の二の舞にならんようにカノジョとうまいことやれや」

「うん……」

とりあえずカノジョやないんやけど……。

そう思いつつ頷くと、佐藤は唇の端を引き上げるようにして笑った。

「渡部、おまえがもてへんかったんはな、傍《はた》で見てると、おまえがそのツカサちゃんにゾッコン惚《ほ》れてて、彼女しか見えてへんのがようわかったからや。絶対に相手にされんてわかってるのにコクるアホはおらんやろ」

「えっ、いや、別に、ゾッコンて……」

カッと頬《ほお》が熱くなるのを感じて、真一は慌てて顔を伏せた。

「やっぱりゾッコンみたいやなあ」

きひひ、と妙な笑い方をした佐藤は、じゃあな、と踵《きびす》を返した。その横顔にはもう、さっきの苦しそうな表情は見当たらない。佐藤が自分を励《はげ》ますために、ただの失恋と呼ぶにはあまりにも深刻な話をしてくれたのは明白で、真一は思わず彼を呼び止めた。

「佐藤」

「うん？」

「ありがとうな」

「おう。千円は今度飲みに行くときに徴収《ちょうしゅう》するからな。忘れんなよ」

ちら、と一瞬白い歯が見えて、ドアが閉まった。途端に室内が静けさに包まれる。

そういやツカサって女の子の名前にも使われるな、とふと思った途端に司の大人びた精悍《せいかん》な顔立ちが脳裏に浮かんで、真一はクス、と笑った。

しかし次の瞬間には、胸がキリキリと痛む。

仲直り、できるやろか。

昨夜の今日で、会いたいと、声が聞きたいと、側《そば》にいてほしいと本心を明かして、果たして司は信じてくれるだろうか。とってつけたような言葉だと、疑われはしないだろうか。

……やっぱりあのとき、ちゃんと本心を言うとくべきやった。

こんなに時間が経《た》ってしまっては、信じてもらえなくても、疑われても仕方がない。

真一は長いため息をついた。ゆっくりと室内を振り返ると、冷蔵庫の脇に置いてある電話が目にとまる。

今更遅いかもしれん。

それでも。

司に、直接伝えたい。

偽《いつわ》りも遠慮もない本心を。

このままでは嫌や。ほんまのことを司に伝えられんのは嫌や。

せやから。

真一は迷うことなく電話に歩み寄った。

受話器を取り、深呼吸する。

余計なことは言わんでもええ。

ほんまに思てることだけを言おう。

携帯電話ではなく、司のマンションの電話番号を押す。いつも携帯電話にかけているので、自宅の方へは滅多《めった》にかけたことがない。以前、必要な電話のほとんどは携帯電話にかかってくるから、マンションについている電話はあまり使わないと司から聞いたことがある。だから、留守番電話のチェックも自宅に戻ったときしかしないのだと。

そうとわかっていて、真一は敢《あ》えてマンションの電話を選んだ。

仕事中の司に遠慮したのではない。

仕事場で聞いてもらうよりも、自宅で一人で聞いてほしかったのだ。

プルルルル、と呼び出し音が鳴り出す。

真一は息をつめた。心臓がドキドキと高鳴る。

『ただいま留守にしております……』

機械的な女性の声が告げる。

ピー、という発信音が鳴った。

「あ……、あの、俺……、真一」

そこまで言って、真一は口ごもった。

言葉が出てこない。

しかし、どないした？　と先を促してくれる声が聞こえてくるはずもなく、真一はぎゅっと唇をかみしめた。受話器を持つ手が細かく震える。

そおや。余計なことは言わんでええんや。ほんまのことだけ言うたらええんや。

「昨日は、ごめん……。けど俺……、ほんまにおまえの邪魔には、なりたなかったんや。せやから……」

違う。

そうやないやろ。

ほんまに言いたいことは、そんなこととちゃうやろ。

「仕事に行けて怒鳴《どな》ったんは……、本心やなくて……、ううん、本心やった……。俺、おまえが、おまえしかできん仕事を持ってることに嫉妬《しっと》したんやと思う……。あれは、ただの八つ当たりやった。ほんま、ごめん……。ごめん」

違う。

ただ謝ればええんやない。

「せやけど、おまえが俺のこと大事やて言うてくれたことは、めっちゃ嬉しかった。キスかて、全然嫌やなかった。それで……」

違う。

遠まわしすぎる。

「弱音を吐かんかったんは、言うてしもたら、愚痴《ぐち》になるだけやと思《おも》たからや……。そういう弱い自分を、おまえに知られるんが怖かった。そういう自分が、嫌やった。許せんかった。わがままは……、わがまま言うたら、おまえが忙しいしてるのに、会いたいて言うたら、おまえが困るやろうと思て、嫌われるかもしれんて思て……」

違う。

まだ遠い。

こんな言い方では伝わらない。

「ほんまは……、連絡くれへんかった間、ずっと会いたかった。声も聞きたかった。何で連絡してくれへんのやろうて、めちゃめちゃ気になった。おまえと会えんでも平気やなんて、嘘や。全然大丈夫なんかやない。苛々《いらいら》して……、苦しいて、辛《つろ》うて……。おまえが加瀬祥子《かせしょうこ》の話したときも、ほんまはめっちゃ嫌やった。加瀬さんから電話がかかってきたときも、めちゃめちゃ焦《あせ》って、すごい嫌な気持ちになった……。それでも俺から連絡せんかったんは、やっぱりおまえの邪魔になりとうなかったからや。……ううん、そうやない。ただ、怖かった。おまえに嫌われたかもしれんて、思て……、不安で……」

真一は受話器に向かって語りかけながら、その場に座り込んでいた。

違う、と思う。

こんな理屈なんかどうでもええんや。

何で俺はこんな持って回ったような言い方しかできんのや。

つんと目の奥が痛くなった。あまりの情けなさに、目尻に涙が滲《にじ》む。胸がどうしようもなく熱くて、よじれるように痛かった。

この熱を、痛みを、言葉にしなければ意味がない。

「司……」

我知らずその名を口にした途端、唇が勝手に語り出した。

「好きや……。好きや、司。好き。おまえが好きや。会いたい。声が聞きたい。会いたい、会いたい、会いたい……！」

最後は半《なか》ば叫ぶように言って乱暴に受話器を下ろした真一は、茫然《ぼうぜん》と立ち尽くした。

言葉に出してしまって初めて、自分がいかに司を求めているかがわかったのだ。

俺を見て。俺の名前を呼んで。俺に笑いかけて。俺の側にいて。俺を抱きしめて、好きやて言うて。

細胞の全てが、司を欲《ほっ》している。

高校時代も含めてこの六年間、司のことを考えなかった日はなかった。それはとりもなおさず、毎日毎日飽《あ》きもせず、司を求めていたということではないのか。

友情か愛情か、などという区別は、もはやどうでもいいことのように思えた。

とにかく会いたい。

真一は込み上げてくる嗚咽《おえつ》を堪《こら》えた。

会いたい。

もはや心の内にあるのは、その言葉だけだった。

会いたい、司。

おまえに会いたい。


晴れ渡った空の下を、真一はうつむいて歩いていた。泣きすぎて腫れた目に春の陽光が眩《まぶ》しくて、顔をあげられない。時折吹いてくる暖かな風が、熱をもった目許に当たって痛かった。

俺、何やってるんやろう。

重い足を引きずりながら、ぼんやりと思う。

司の電話にメッセージを残した後、また涙が溢れてきて、しばらく茫然としていた。

結局、佐藤が持ってきてくれた朝食を食べる気力は湧《わ》いてこず、ぼうっとしたまま機械的に顔を洗い、身支度を整えた。

そしてふと気が付くと、司のマンションに足を向けていたのだ。

司に呼ばれたわけでもないのに、マンションに行ったのは初めてである。

会いたい。どうしても会いたい。

頭の中だけでなく全身に浸透したその想いが、何の迷いもなく司のマンションに行くことを選んだ。

もちろん、実際に司に会えると思ったわけではない。真一の経験上、司と会える確率が一番高い場所が、司のマンションだというだけの話だった。万にひとつでも会える可能性がある場所に、自然と足が向いたのだ。

しかし、当然のことながら司はマンションにはいなかった。

会えないとわかって来たはずなのに、真一はひどく落ち込んだ。その場で泣き出さなかったのが不思議なぐらいだった。

それほどに、会いたかった。

十分ほど何をするでもなく、ぼうっとマンションの前に立っていたが、通り過ぎる人たちが不審な目を向けてくるので、仕方なく自分のアパートに戻ることにしたのだった。

萎《な》えそうになる足を励まし、とぼとぼと歩く。ゴールデンウィーク真っ只中《まただなか》で、ほとんどの者が遊びに行っているせいか、学生アパートが多く林立する通りはしんと静まりかえっている。

その静けさが、今は逆に辛い。雑音が耳に入ってこないせいで、五感の全てが会いたいという気持ちに浸食《しんしょく》されてゆくような錯覚《さっかく》に陥《おちい》る。歩き慣れた道でなければ、確実に迷子になっていただろう。

現に今、こうしてただ歩いていても、考えるのは司のことばかりである。

あの留守電聞いたら、あいつ、どう思うやろう。

高校時代からの付き合いだが、怒って怒鳴ったことはあっても、泣いて訴《うった》えたことなどなかった。

それって、やっぱり俺と司が友達やったからやろな、と思う。

今は違うのだ。

司は友達ではない。

不覚にもまた涙が滲んできて、真一は慌ててごしごしとシャツの袖《そで》で目を拭《ぬぐ》った。

涙がこんなに簡単に出るもので、泣いても泣いても尽きないものだなんて、生まれてから今日まで知らなかった。

もう何度めかわからないため息をついて、顔をあげる。すると、視界に見覚えのある車が飛び込んできた。

三階建ての古ぼけたアパートの前に停まっていたのは、大きな四駆《よんく》だった。

シルバーグレイのアウディ。

これって確か、司が乗ってるのと同じ車や。

昨年、新車を買ったのだと言っていた。何度か乗せてもらったこともある。

うちのアパートにこんなごっつい車に乗ってる奴いてたっけ？　車を持ってる奴っていてへんはずやけど……。

車から目をそらし、再びうつむいて歩を進める。

今、司を思い出させるようなものを目にするのは辛い。

「あ！」

突然、心底驚いたような、それでいて怒ったような声が聞こえて、真一は前方に視線を移した。

そして、息を飲んだ。

ドキン、と心臓が大きく跳《は》ねる。

目の前に、長身の男が立っていた。グレーのシャツに黒のパンツというモノトーンの服装が、ひきしまった体つきを際立たせている。

会いたいと、ただひたすらに会いたいと願った人物がそこにいた。

信じられなくて、真一は何度も瞬きする。

司？　本物の司なんか？

まさか。

何でこんなとこにいてるんや。仕事中とちゃうんか？

突然目の前に現れた司に、どう反応して良いかわからず、真一はぼんやりと突っ立っていた。

一方の司は、つかつかと靴音をたてて駆け寄ってくる。

ブルーのレンズが入ったサングラスをしているが、間違いなく司だ。現実に今、その精悍な顔つきが目の前にある。

ふいに、やっぱりこれは夢かな、と思う。

会いたい会いたいいて思てたから、夢みてるんかもしれん。立ったまま白昼夢みるやなんて、相当な重症や……。

「何ほうけてるんや。来い」

怒鳴られて、ぐいと強く腕を引かれる。そのままずるずると引っ張っていかれながらも、真一はまだ夢をみているような気分でいた。

けど、つかまれた腕は痛いし。

低く響く特徴のある声は、はっきりと聞こえたし。

「あ、あの、司……？」

恐る恐る尋《たず》ねると、ちらりと鋭《するど》い視線が肩越しに返って来た。

「何や」

「あの、仕事、は？」

「抜けてきた」

「抜けてきた……」

ぶっきらぼうに答えた司の言葉を理解できず、ただ鸚鵡返《おうむがえ》す。

「風邪ひいてアタマ痛い言うて抜けてきたんや」

またしてもぶっきらぼうに言われて、真一は思わず声をあげた。

「えっ！　風邪ひいたん？」

「アホ、風邪なんかひいてへんわ。抜ける口実《こうじつ》に決まってるやろ」

「え、けど、あの、今……」

真一は司の後ろ姿を凝視した。

あまりにも突然すぎて、何が何だかわからない。

これ、夢やないよな？

司のことばっかり考えてたせいで、幻覚を見てるんとちゃうよな。


「早《は》よ開けろ」

腕をつかまれたまま急《せ》かされて、何がどうなっているのかわからないまま、慌てて鍵を取り出す。

手が震えて鍵がうまく鍵穴にささらない。

不器用な手つきを見かねたのか、司は真一から鍵を奪い取ると、自ら鍵を開けた。

見慣れたドアが開くのを茫然と見ていると、また強く腕を引かれた。あっという間に中に引きずりこまれる。

背後でドアが閉まり、カチリと素早く鍵がかかる音がしたかと思うと、次の瞬間には、息もできないほど強く抱きしめられていた。

「おまえから連絡が入ってるんとちゃうか思て気になって、携帯でうちの留守電聞いたんや。そしたら、メッセージが入ってて……。すぐに仕事抜けてきた」

熱い吐息《といき》が耳にかかる。

「早よう会いとうて真っ先にここに来たけど、留守やってどないしようて思てたとこやったんや。そしたら、ちょうどおまえが帰ってきて……！」

熱に浮かされたようなかすれた声が、耳元でささやく。

がむしゃらにかき抱いてくる筋肉質な腕の力強さと、司がいつもつけているコロンの香りに包まれて、真一は目眩を覚えた。

「けど……、あの、加瀬祥子は……？」

ずっと心にひっかかっていた名前が自然と口をつく。

「加瀬？　何やそれ」

心底ムッとしたような声が耳元で聞こえた。

「何って……」

「何でそんな名前が今出てくるんや」

乱暴に両腕をつかまれ、至近距離で顔を覗き込まれる。

ブルーのレンズの向こうにある漆黒《しっこく》の瞳に見惚《みと》れながら、真一は茫然とつぶやいた。

「けど、電話が……」

「電話？　ああ、昨日の電話か。あれはあの子が一方的に……、てコラ、何で今そんなどうでもええ話をせなあかんねん」

苛立った口調で言うと、司は再び強く真一を抱きしめた。

「そんなことより真一、俺に言うことあるやろ。電話越しやなくて、ちゃんと直接、おまえの声で聞かせてくれ」

耳朶《じだ》に寄せられた唇がかき口説《くど》く。

わずかに残っていた疑いとこだわりが、たちまち消えてゆくのがはっきりとわかって、真一は瞬きをした。

……ああ、ほんまもんや。

この温かさ。この匂い。

夢やない、とようやく確信する。

ほんまもんの司や。

俺を抱きしめてる。

俺の側にいてる。

間違いない。

本物や！

体中で実感した次の瞬間、自然とその名が口をついた。

「司……、司！」

呼んだ声が震える。その声に促されるように、司に告白されたときから、いや、本当はもっと以前からずっと心の内にあった熱い想いが込み上げてきた。

好きや。

司が好き！

「好き……！」

何のてらいもなく唇から漏れ出《もで》たその言葉は、かすれて熱をもっていた。強く閉じた瞼を押し上げるようにして、涙が溢れ出す。

「真一……」

「好きや。おまえが好き」

真一は司の背に腕をまわし、ありったけの力をこめてしがみついた。指先にまで浸透している司への想いを表現するには、まだ足りない、と思う。

「好きや、司。好き」

「俺も好きや。おまえが好きや」

感極《かんきわ》まったような声が耳をくすぐったかと思うと、乱暴に唇をふさがれた。

「ん……！」

ためらうことなく歯列《しれつ》を割り、深く唇を合わせてくる。昨夜のそれよりもずっと熱く、激しいキスに全身の力を奪われて、真一は思わず司にすがった。

するとすがった以上の強い力で抱きしめられる。

「う、ん……」

応《こた》える隙《すき》すら与えられない貪《むさぼ》るような口づけに、全身がわななく。その震えごときつく抱きしめられて、真一は体がカッと熱くなるのを感じた。

ぞくぞくと甘い感覚が背筋を撫《な》であげてきて、目眩を感じる。血液が沸騰《ふっとう》しているかのようだ。息苦しいのか気持ちが良いのか、それさえもわからなくなって眉をきつくひそめる。

すると息を継《つ》げとばかりに顎《あご》をつかまれ、向きを変えられた。

「はぁ……、は、あ」

引きつるように慌てて息を吸い込む唇を軽く噛《か》まれる。

「う……」

低くうめいた真一の声を封印するように、司は再び深く唇を結び合わせた。

「んっ……」

閉じた瞼の裏に星が舞う。立っていられない。司が支えてくれなければ、今にも崩れ落ちそうだ。意識が霞《かすみ》がかかったようにぼんやりしてくる。

ただひたすら、もっと、と思った。

もっともっと。もっと。

もっと司に近付きたい。もっと司を感じたい。もっと司の熱を分けてほしい。

熱病にかかった患者が水を求めるように、全身全霊が司を求めているのがわかる。司に飢《う》えている自覚はあったものの、自分がここまで彼を求めているとは思っていなかった真一は、刹《せつ》那《な》の時間、戸惑い、怯《おび》えた。

こんなに司が欲しいなんて、俺はおかしいんとちゃうやろか……？

しかし、その逡《しゅんじゅん》巡もすぐに司を熱望する欲求に紛《まぎ》れて消えてゆく。

もっと名前を呼んで。

もっとキスして。

もっと抱きしめて。

もっと触って。

もっと触らせて。

足りない、足りない、まだ足りない。

司が足りない。

もっともっともっと！

口づけてきたときとは対照的に、そっと唇を解放されて、真一は眉を寄せた。熱に侵《おか》されてほとんど力の入らない手で、司のシャツをぎゅっと引っ張る。

「……まだ、や……」

ささやいた声は甘く蕩《とろ》け、誘うような艶《つや》を帯《お》びていた。

「真一……？」

短く問い返した司の唇が首筋に落ち、滑《なめ》らかな肌をきつく吸い上げる。そのくすぐったいような、それでいて疼《うず》くような刺激に小さく声をあげると、背中や肩、腰のラインを確かめるように愛撫《あいぶ》された。長く骨太な指が動く度に、全身が潤《うる》んで溶けてゆくような気がする。

「司、司……、司」

うわ言のように呼ぶ。その名以外の言葉を知らないように。

そうして呼ぶだけで、身の内が燃えるように熱くなる。

「司……っ」

「どないした……？」

低く答えてくれる声にすら、ぴく、と体が反応する。

「もっと、キス……」

して。

言いかけた言葉は、司の唇に奪われた。

ベッドに移され、衣服を全て取り払われて直接肌を重ねても尚、真一は、もっと、と訴え続けた。

何度も何度も名前を呼んで、キスをして、好きやと告げて。夢中で触れて、触れられて。互いを強く抱きしめ合って。形の良い唇やきれいに並んだ白い歯や、柔らかな舌端《ぜったん》で、体中に朱《あか》い印をつけられて。

その瞬間は満たされる。深い安堵《あんど》と、かつて一度も経験したことがない甘い快楽に溺《おぼ》れて喘《あえ》ぐ。けれどすぐに足りなくなって、もっと、と司にしがみつく。

その度に、司は欲した以上の激しさで応えてくれた。熱い吐息と共に名を呼び、おまえが好きやとささやいた唇でキスを落とす。そうして望まれるまま己の熱を分け与えながら、司は組み敷いた真一の体を確実に開いていった。

「んっ……、あ、司……!」

「真一、真一……、好きや……」

「……好き……、やっ、ああ……っ」

幼子を甘やかすように優しく愛撫したかと思うと、突然、獣が獲物を食らうような獰猛《どうもう》さで求めてくる司に、真一は抵抗することなど微塵《みじん》も思いつかず、全てを委《ゆだ》ねた。

「司……、司、司っ……」

心も体もこれ以上ないぐらいに満たすと同時に、限りなく飢えさせる愛しい名を呼ぶ。

感じたままの声をあげることも、快感に震える体を余すことなくさらけ出すことも、恥ずかしいとは思わなかった。何をしても何をされても、結局それは、より強く司を感じるための行為なのだ。恥ずかしがる必要などない。

「真一……」

体の奥に司を感じると同時に、かすれた声で呼ばれて、真一は閉じていた瞼をゆっくりと開けた。

吐息が触れ合うほど近くに、司の顔がある。

汗に濡れた端整《たんせい》な顔立ちの中で一際《ひときわ》目立つ漆黒の瞳が、まっすぐに見つめてくる。真一は今自分が置かれている状況を忘れ、熱で潤み、艶を滲ませたその双眸《そうぼう》に見惚れた。

寸分の迷いもなく向けられる視線には、今にも焦《こ》げつきそうな熱と、食らいつくような激しさが込められている。

それは、真一の全てを奪い取る視線だった。

そして真一が、この世で一番愛しいと思う視線だった。

ぼんやりと、俺の司や、と思う。

俺の司。

俺だけの司。

自然と頬が緩《ゆる》んだ。

ようやく飢餓感《きがかん》が治まり、爪の先から髪の毛一本一本にまで、たとえようもない安心感が広がるのを感じる。体の隅々まで行き渡るその暖かさに、真一はうっとりと目を細めた。

今、やっと確信が持てた。

司は俺のもの。

俺も司のもの。

真一は司の背にまわしていた手をそっと動かし、頬から顎にかけての鋭いラインをなぞった。

「好きや……」

弾む息の合間に告げると、司は一瞬、ひどく困ったような、それでいて溢れる嬉しさを隠しきれないような、複雑な表情をした。

「俺も、好き。めちゃめちゃ、好きや……!」

かみしめるように言われた途端、司の熱が増すのを感じて甘い悲鳴をあげる。背が反《そ》り返った拍子に宙に彷徨《さまよ》った手を、司はしっかりとつかまえてくれた。

もう決して離れまいとするかのように。

低く響く声がナレーションを始める。画面は闇《やみ》。静かに、重々しく語られる意味深な言葉の羅列《られつ》。不夜城、拳銃《けんじゅう》、クスリ、死体、狂気、執着、ヒトゴロシ。

ナレーションの途中で、いきなり柔らかいものが投げつけられて潰《つぶ》れる音がして、黒い画面に赤い飛沫《ひまつ》が飛ぶ。

刹那《せつな》、打楽器と肉声のみを用いた音楽が激しいリズムを刻む。ビル群を見下ろす男のシルエット。目を見開いて振り向く黒髪の顔。たがが外れたようにげらげらと笑う金髪の男。いくつもの銃声。疾走《しっそう》する男たち。泣き叫ぶ女。血まみれの死体。切り落とされた首。壁一面にぶちまけられた赤いペンキ。それらが目まぐるしく画面を彩《いろど》ったかと思うと、唐突《とうとつ》に音楽がやむ。

静寂の中、黒髪の男と金髪の男が対峙《たいじ》する姿が映る。二人の表情はわからない。

動かない二人の姿を飲み込むように、画面は再び闇に染《そ》まる。また柔らかいものが投げつけられて潰れる音。黒い画面に現れたのは、今度は飛沫ではなく、映画のタイトル。

闇《やみ》の果実《かじつ》。八月二十四日ロードショー。

「真一《しんいち》」

呼ばれて、真一はハッと振り向いた。

ついさっき画面の中で狂気じみた笑いを発していた金髪の男が、そこに立っている。ただし、皮のコートではなく、淡いブルーのTシャツにジーンズという格好《かっこう》だ。

「えらい熱心に見てるな。何かおもろい番組でもやってるんか？」

狂気など欠片《かけら》も感じられない蜂蜜《はちみつ》よりも甘い声音《こわね》で問われて、ううん、と真一は首を横に振った。

「今、映画の予告編をやっててん」

答えた声がわずかにかすれて、真一は頬《ほお》が熱くなるのを感じた。司《つかさ》に悪戯《いたずら》っぽい視線を向けられて、思わず顔を伏せる。

声がかすれているのは、さっきまで隣室で行われていた行為のせいだ。司に助けてもらって先にシャワーを浴びたばかりなのである。真一の下宿とは比べものにならない広いシャワールームに二人で入るのは、抱き合うことよりも恥ずかしくて、回を重ねても一向《いっこう》に慣れない。

「熱心に見てくれるんは嬉しいけど、髪はちゃんと拭《ふ》け。冷房の中で濡《ぬ》れたままにしてたら風邪ひくぞ」

司が定位置である左隣に腰かける気配がしたかと思うと、肩を抱き寄せられた。同時に手に持っていたタオルを取り上げられて、そっと髪を拭《ぬぐ》われる。

その優しい仕種《しぐさ》に、真一は抗《あらが》うことなく司に寄りかかった。ボディソープの爽《さわ》やかな匂いと司の香ばしい匂いに包まれて、自然と吐息《といき》が漏《も》れる。

「なあ、司」

「何や」

ぶっきらぼうな答えの端々《はしばし》に、甘やかすような響きがこもっているのを感じて、真一は気恥ずかしいような、それでいてひどく満たされたような気分になった。

三ヵ月ほど前、初めて体を重ねた日から、司は変わった。時折こちらが恥ずかしくて見返せないような、ひどく甘い視線を向けてくる。愛しいものを極限まで甘えさせるような、蕩《とろ》けるような笑みを浮かべて真一を見つめる。また一方で、まれにではあるが、仕事の愚痴《ぐち》もこぼすようになった。

もっとも、変わったのは司だけではない。真一も、以前に比べると随分素直に司に甘えることができるようになった。

「全部撮り終わったんが六月の終わり頃やろ。映画って、撮り終わったからってすぐには公開できんのやな」

真一のくせのない髪を慈《いつく》しむように丁寧《ていねい》に拭いていた司は、そうやな、と頷《うなず》いた。

「俺ら役者は撮りが終わったらそんでおしまいやけど、編集やら音楽やら、いろいろ作業があるからな」

司が準主役で出演した『闇の果実』は、一週間前に行われた試写会で好評を得た。辛口で知られている批評家が絶賛したこともあって、R－十五指定であるにもかかわらず、公開前からかなり話題になっている。司に対する役者としての評価も上々のようだ。

真一も司にチケットをもらったので、試写会に行った。スクリーンの中の司は本当に別人で、おもしろかったし、感動した。けれどやはり、司が演じる榊《さかき》が死ぬラストシーンを、まともに観《み》ることはできなかった。

あれだけは芝居《しばい》でも嫌やな、と思う。

怪我《けが》をするシーンだけでもはらはらする。

その『怪我』という言葉でふと思い出したことがあり、真一は顔を上げた。

「なあ、司。加瀬《かせ》さんが入院したてほんま？」

「カセて、加瀬祥子《かせしょうこ》のことか？」

「うん。昨日、大学の連れがショーコちゃんが入院したて大騒ぎしてたから」

タオルを脇《わき》にどけ、まだ湿《しめ》っている真一の髪をすきながら、司は首を傾《かし》げる。

「詳しいことは俺もよう知らんけど、そうらしいな。撮影してるときからちょっと様子がおかしかったんや」

前に説明した通りな、と念を押すように言われて、真一は司を軽くにらんだ。

「俺も前に言うたけど、あのコ、おまえのこと好きなんやで」

加瀬祥子から電話があったことは、既に司に伝えてある。

司の説明によると、加瀬祥子はロケの車の中に置いたままにしてあった司の上着から無断で携帯電話を持ち出した挙句《あげく》、勝手にメモリをチェックし、一番最初に登録してあった真一の番号に電話をかけたらしい。疑われてはかなわないとばかりに、司がわざわざ西尾《にしお》を証人に立てて説明してくれたので、真一も大いに納得した。

真一のアパートにいる時にかかってきた電話も、一度目は西尾からのものだった。司がとった二度目の電話は、加瀬が西尾から無理やり電話を取り上げてかけたものらしい。その横暴《おうぼう》な振る舞いに、彼女は後でマネージャーにひどく叱《しか》られていたという。

今はもう、わざわざ西尾に証明してもらわなくても司を疑ったりなどしていない。しかし、司に憧《あこが》れているという加瀬の言葉は、あながち嘘ではなかったと思う。

「せやからそれは、加瀬の一方的な思い込みやて言うたやろ。インタビュー記事かて映画を盛り上げるための宣伝っちゅうだけで、親しいことなんか全然ない。あのコ体力的にも精神的にも消耗《しょうもう》してて、それでおかしいなってたんや。ほんまに俺とは何も関係ない」

ムッとした口調で言われて、真一も負けじとふてくされた声で言い返した。

「思い込みでも何でも、好きなことには違いないやんか。弱ってるときは、好きな人に助けてもらいたいと思て当然やし」

俺も、そうやったから。

だから司が加瀬祥子のことを何とも思っていなくても、彼女はきっと諦《あきら》めない。

何となく、そんな気がする。

「あのなあ、真一。俺が好きなんはおまえだけや。支えてやりたいんもおまえだけ。他の奴なんか、男も女も目の端にもひっかからん。信じてくれ」

急に子供っぽい必死な表情になって覗《のぞ》き込《こ》んでくる司に、真一は思わず微笑した。

こういう司も、かわいいて好きや。

「ほんまに？」

「ほんまや」

「ほんまにほんま？」

「ほんまやて。おまえにそんな嘘つくぐらいやったら、舌噛《か》み切って死んだ方がましや」

真顔で言い切った司に、何とも言えない嬉しさとおかしさの両方が込み上げてくる。その浮き立つような感情に促《うなが》されるまま、真一は首を伸ばして司の顎《あご》のラインに軽くキスをした。

「ちゃんと信じてるから、そんな怖いこと言うな」

「何も怖いことない。俺は本気や。おまえには、命かけて惚《ほ》れてるから。前にもそう言うたやろ」

お返しだとばかりに額《ひたい》に降ってくるキスを受けて、陶然《とうぜん》とした心地になる。

改めて加瀬からの電話を思い出してみると、よろしくね、と言ったときの傲慢《ごうまん》な物言いとは裏腹に、少しぐらい友達のこととか教えてくれたっていいじゃない、と言った言葉は弱々しいものだった。一分にも満たないような短い会話の中でも、躁鬱《そううつ》の差がはっきりと現れていたのだ。ちょっと普通ではない感じだった。

良い事務所、良いマネージャーに巡《めぐ》り合うことが、芸能人にとってどんなに大切かは、司を見ているとよくわかる。

彼女の側にも、彼女をちゃんと理解してくれる人がついててやらはったら良かったのに。

もちろんそれは、司以外の誰か、でなくてはならない。

俺かて、命かけて惚れてるんやから。

加瀬祥子にも、誰にも、この想いだけは譲れない。

「おい、真一」

軽く肩を揺さぶられて、真一は我に返った。

「何？」

「俺がキスしてんのに、俺以外のこと考えるな」

これ以上ないぐらい不機嫌な声が降ってくる。真一は瞬《まばた》きをして司の鋭い頬のラインを見上げた。漆黒《しっこく》の双眸《そうぼう》がキッとにらみつけてくる。

「俺のことだけ考えろ」

「ひょっとして、妬《や》いてるんか？」

「妬いて悪いか。俺はこう見えてもかなりヤキモチ焼きなんや」

臆面《おくめん》もなく堂々と言い返されて、真一の方が真っ赤になった。

「別に、妬くことないやんか」

「いいや、俺は妬く。おまえが気にかけるもんには全部妬くからな」

宣言するように言った司は真一の目許《めもと》に軽くキスした後、再び不機嫌そのものの顔になり、ぼそっと言った。

「それに結局おまえ、佐藤《さとう》いう奴が勤めてる会社に入るんやろ」

この数ヵ月でいくつか内定をもらったが、真一はヨシイに入社することを決めた。もちろん、西尾にもちゃんと連絡をした。西尾はしきりに残念がったものの、最後には、がんばれよ、と言ってくれた。

「せやから佐藤はただの友達やって言うてるやん」

今度は真一が言い聞かせるように言って、むっつりと黙り込んでしまった司の滑《なめ》らかな首筋に腕をまわす。

内定がもらえるまで、司には本当によく支えてもらったと思う。会って顔を見、声を聞くだけで満たされ、強くなれる自分をはっきりと自覚してから、素直に会いたい、声が聞きたいと口に出すようになった。

もちろん、司の仕事の邪魔になりたくないという気持ちは変わっていない。ただ、今はもう、正直に自分の気持ちを告げることが、司の仕事の邪魔になるわけではないとわかっている。だから遠慮はしない。忙しくて司がつかまらないときは、留守番電話にメッセージを入れておく。会いたい、とただ一言。正直に。

真一のそうした変化を、司は嫌がるどころか、嬉々《きき》として受け入れてくれた。会えないときは必ず電話をくれたし、忙しいスケジュールの合間を縫《ぬ》って会う時間を作ってくれた。

一方で、真一の甘え方がまだ生ぬるいと感じるらしく、もっと甘えろ、わがまま言え、と要求してくる。どうやら『支えさしてもらえへんのも、けっこう辛いで』という佐藤の言葉は、司の心の内にもあてはまるものだったらしい。

その佐藤は、来年の三月にミキと結婚する予定だ。ミキの母親が奇跡的に回復したことがよりを戻す大きな要因になったらしいが、もしミキの母親がそのまま介護《かいご》が必要な状態になっていたとしても、佐藤は結婚しただろう、と真一は思う。

「佐藤、学生時代に付き合《つお》うてたコともうすぐ結婚するんや。傍《はた》で話聞いててこっちが悲鳴あげたなるぐらいラブラブなんやで。やからほんまにただの友達やって」

「……友達、っていうんもあんまり気に入らんのやけどな」

まだ熱をもっている真一の体を満足そうに抱きとめながらも、司は不機嫌な声音でぼやく。

「何で？　何が気に入らんのや」

甘やかすように尋《たず》ねてやると、司は低くうなった。

「おまえの親友のポジションも恋人のポジションも、俺一人のもんにしときたい。誰にも譲りたないねん」

「……わがまま」

「そおや、俺はわがままや。せやからキスさせろ」

言うなり、司はついばむように口づけてきた。寝室で何度もくり返した深い口づけとはまた違う、戯《たわむ》れのようなキスだ。

「ん……、う、司」

くすぐったさと照れくささに、真一は笑う。笑った唇にまた、チュ、と軽くキスされる。

「つっ……、ん、司、ちょお待っ、ん」

「待てん」

キスの合間を縫ってささやいた司は、再び真一の唇を柔らかくふさいだ。

「う、んっ……」

触れ合ったところから司の熱誠《ねっせい》が伝わってくるのを感じて、真一は夢見心地で目を閉じた。

「……あんなキス、するんやなかった」

離れた唇で、司がため息まじりに言う。

大きな掌《てのひら》が後頭《こうとう》を愛しげに撫《な》でてくる。

「あんな、キスって……？」

尋ねた自分の声がたっぷりと甘く蕩けていることに気付いて、また頬が熱くなる。

思いっきり誘《さそ》てるみたいな声や……。

「おまえの下宿でしたキスのことや。あれは、おまえのことを何も考えてへんジコチュウでアホでバカでケチなキスやった。あんなキスがおまえと初めてしたキスやなんて、俺はほんまにどうしようもないアホや。自分で自分がイヤになる」

自己嫌悪を隠そうともせず、暗い口調で言った司に、真一はクス、と笑った。

真一の下宿での一方的なキスは、初めてのキスではない。

二度目のキスだ。

そのことを知っているのが自分だけだと思うと、全身が柔らかな綿《わた》に包まれたような、やけに暖かいような、幸せな気持ちになった。無意識のうちに笑いが込み上げてくる。

「コラ。何がおかしいねん」

本気でムッとしたらしい司の肩口に額を預けたまま、真一は告げた。自分が今感じている、震えるような幸福感を司と共有するために。

「あのときのキスかて嫌やなかったて言うたやないか。それに、あれが初めてとちゃうで。俺、もっと前に司にキスしたことあるもん」

笑いながら言うと、司が息を飲む気配が伝わってきた。

「……マジで?」

「マジで」

「いつや」

「おまえが俺に好きやて言うてくれた日の夜、俺、ここに泊まったやろ。そのとき」

司はわずかに身じろぎした。

動揺しているらしい。

「ひょっとして、俺が寝てしもてからか？」

「そう」

こくりと頷くと、寄り添っている体から、司がまたムッとした気配が伝わってきた。

「そう、やないやろコラ」

不機嫌な声で言った司は真一の両肩をつかんで自分から引き離すと、鼻先が触れ合うほど顔を近付け、額と額をコツンとくっつけた。

「何でそういう大事なことを黙ってるんや」

きつくしかめられた眉間《みけん》に隠しきれない嬉しさを見つけて、真一は自然と笑顔になりながら答える。

「せやかて内緒でキスしたから」

「アホ、何が内緒や。俺だけ爆睡《ばくすい》してて全然覚えてへんやなんてフェアやない。しかもそれをずっと黙てるやなんて、意地が悪いにもほどがある。仕返しや」

額が離れ、かわりに触れ合った唇が軽く食《は》むようにして離れた。かと思うと、次の瞬間にはしっとりと重なる。

「ん……」

柔らかい感触が与えてくれる心地好《ここちよ》さに、真一はうっとりした。

好きや、と思う。

司が好き。

司さえいてくれたら、他には何もいらん。

その想いが唇を通して司に伝わったのだろう。口づけはより深く、情熱的なものになった。

クリスマス・イヴ

ビルの外に出ると、雪が降っていた。

夜に染《そ》められた真っ黒な空から、白い塊《かたまり》がちらりちらりと舞い降りてくる。

足下から這い上がってくる冷気に、真一《しんいち》はわずかに身震いした。

そういえば、今朝の天気予報で雪が降るかもしれないと言っていた。

ホワイトクリスマスになりそうですね。

さも嬉しそうににっこり笑った女性アナウンサーの顔を思い出し、真一はため息を落とした。

唇から漏《も》れ出《だ》した白い息は、一瞬で闇に消える。

一週間前なら、アナウンサーと同じように素直に喜べただろう。真一はそれほどクリスマスというイベントを特別視していないが、それでも大切な人と過ごすその日が、いつもより美しい風景に彩《いろど》られることは嬉しい。

けれど、今は素直に喜ぶことができない。

もう一度ため息をつくと、背後で、お、と驚く声が聞こえた。

「雪降ってるやんか、珍しい」

嬉しそうに言った佐藤《さとう》は、真一の横に並んで空を見上げた。

「ホワイトクリスマスになりそうやなあ」

そうやな、と真一は笑って相槌《あいづち》を打った。

今年の三月に結婚した佐藤は、まだまだ新婚気分だ。今日も妻と二人で食事に行くらしい。

同僚たちのひやかしをものともせず、ボクはツマをアイシテますから、などと言って笑っていた。

「俺今日は車なんや。何やったら駅まで送っていこか？」

佐藤の申し出に、真一は首を横に振った。

「歩いてくしええわ、ありがと」

そか？　と笑った佐藤は、ポンと真一の肩をたたいた。

「何が原因か知らんけど、こんな日に一人でおるんは虚《むな》しいやろ。意地なんか張るだけ損やで。とっとと会いに行け」

優しい声音《こわね》で言われて、真一は苦笑する。

一週間前、クリスマスの夜を一緒に過ごすはずだった大切な恋人と喧嘩《けんか》をした。

必要以上に意地を張ってしまったのだ。

どうやら佐藤は、真一がこのところ、ずっと浮かない様子でいることに気付いていたらしい。

そして、その原因が恋人にあることにも気付いているようだ。

ただし、そんな佐藤も、真一の恋人が男で、しかも高梨《たかなし》司《つかさ》という人気俳優であることには、いまだに気付いていない。真一の恋人はツカサという名前の女性だと思っている。

「意地、やっぱり張るだけ損かな」

ぽつりと言うと、佐藤はうんうんと頷《うなず》いた。

「そら損やで。惚《ほ》れた相手やったら尚更《なおさら》な」

もっともらしい物言いに、真一は曖昧《あいまい》に笑った。

佐藤の言う通りだ。意地など張るだけ損だということは、もうすぐ八年になる司との付き合いの中で嫌というほど学んできている。

ほんま、わかってはいるんやけど……。

「わあ、雪だ！　文恵《ふみえ》、雪降ってるよ！」

「え、ほんと？」

突然、背後で賑《にぎ》やかな話し声がしたかと思うと、二人の女性がまろぶようにビルから飛び出してきた。総務の女性たちのようだ。

「ほんとほんと、ほら見て！」

「わ、ほんとだ！　ホワイトクリスマスじゃん！」

スゴイ！　きれい！　とはしゃいだ声をあげた彼女らは、すぐに真一と佐藤が立っていることに気付いたらしい。騒いでいるところを見られたのが恥ずかしかったのだろう、照れたように笑う。お疲れさまです、と頭を下げる二人に、真一と佐藤もお疲れさまです、と返した。

鮮《あざ》やかな色の傘をさし、弾《はず》むような足取りで帰っていく二人を見送る。明るい笑い声と共に傘が楽しげに揺れるのを見て、真一はズキリと胸が痛むのを感じた。

喧嘩さえしなければ、自分も恐らくあんな風にはしゃいでいたのだろう。

恋人と過ごす今日という日は、やはり特別なのだ。

そう考えると、またため息が漏れた。

ふいに隣で、佐藤が小さく笑う気配がする。

「何？」

首を傾《かし》げた真一に、佐藤はにやりと笑った。

「いや、おまえがそんなカオするんはツカサちゃん絡《がら》みのときだけやなあ思て。惚れてる証拠や。カノジョもきっと、おまえのこと待ってるはずやで」

もう一度元気づけるように真一の肩をたたいた佐藤は、じゃあな、と踵《きびす》を返した。駐車場へと向かうその足取りは軽い。気ぃ付けて、と声をかけると、佐藤は振り向かずに右手を振った。

一人ぽつんと取り残された真一は、空を見上げた。

小さな白い塊は、次から次へと落ちてくる。やむ様子は全くない。

真一は再びため息をついた。

意地を張ってしまったことは認めるが、今回は司が悪い、と思う。

いや、司が悪いのではなく、司の言い方が悪かったのだ。

一週間前、司のマンションを訪ねた真一に、一緒に暮らそう、と司は言った。

真一が社会人になってから、会う時間が極端に減った。その日も、明日から六日間、CM撮影の仕事で海外ロケに行くという司に会うために、相当無理をして残業を早めに切り上げたのだ。

俳優という職業柄、休みが不定期な司と、週休二日制で土曜と日曜が休みとはいえ、平日は残業の多い真一。勤続年数が一年に満たないため有給休暇も少なく、電話やメールで連絡は取り合っているものの、会える時間は限られていた。

そんな状況に真一も寂《さび》しさと焦《あせ》りを感じていたから、一緒に暮らそうという司の言葉はとても嬉しかった。

とりあえず、俺のマンションに引っ越してこい。

司はそう言った。二人で暮らす新しいマンションが見つかるまでは、今司が借りているマンションで暮らそうというのだ。

そこまでは良かった。

問題はその先だった。

司、ここの家賃ていくら？

参考までに、真一は尋《たず》ねた。二人で暮らすなら、二人で支払うのが筋だと思ったからだ。司の収入と自分の収入に大きな差があることは承知していたが、何もかも司におんぶするのは嫌だった。少しでも払いたいと思った。

そんな真一の心中を知ってか知らずか、司はあっさりと言った。

ああ、そんなん気にせんでええ。家賃も生活費も、金は全部俺が出すから。おまえはおるだけでええんや。

その言葉に、真一はムッとした。至極《しごく》当然のように家賃も生活費も出すと言った司に反発を覚えたのだ。

そんな言い方したら、まるで俺に生活能力がないみたいやないか。

おるだけでええて何。

ぎゅっと眉間に皺《しわ》を刻《きざ》んで問うと、司はまた何でもないことのように言った。

言葉通りや。一緒に暮らしてくれたらそんでええ。おまえの収入でマンションの家賃は払えんやろ。

司に、悪気はなかったのだと思う。

司は贅沢《ぜいたく》な暮らしをしているわけではない。第一線で活躍する芸能人にしては、地味な暮らしをしている方だろう。衣服に関しては、センスの良いものを選んではいるが、高級ブランドにこだわるような質《たち》ではない。アクセサリー類にもあまり興味がないらしい。趣味である料理も、一通り道具をそろえてしまった今では食材を買う費用がかかるだけだ。唯一の贅沢品は車だが、これも頻繁《ひんぱん》に買い替えるわけでもなく、三年前に買った新車を大切にしている。

ただ、芸能人である司はプライベートをしっかりと守る必要がある。当然、マンションにはセキュリティシステムが完備されていなくてはならない。都内のそうしたマンションの家賃は、恐らく真一の一ヵ月分の給料より高いのだ。だから自分が払う、と司は言ったのである。

今になってみると司のそうした事情を理解することができるが、そのときは、ひどくばかにされたような気がした。ちょうど年末調整で仕事がかさみ、疲労がピークに達していたところだったから、余計に癇《かん》に障《さわ》ったのかもしれない。

俺かて働いてるんや。おまえに養《やしな》ってもらうつもりはない。

固い口調で言うと、司はムッとしたように眉を寄せた。

一緒に暮らしたないて言うんか？

そんなこと言うてへんやろ。

そしたら何やねん。養うとか養われるとか、そんなこと言うてる場合やないやろ。今のままやったらろくに会うこともできんやないか。一緒に暮らしたら、わざわざ会う時間作らんでもええんやぞ。

それはそうやけど、とつぶやいたきり、真一は言葉につまった。

司ともっと一緒にいたい。その気持ちに嘘はなかった。就職してからは思うように会えなくて、正直辛《つら》かったのだ。

なあ、真一。一緒に暮らそう。

ソファに座っていた真一をそっと抱き寄せ、司はささやいた。それでも黙っていると、肩にまわった腕に力がこもり、目許《めもと》に柔らかなキスが降ってきた。

金のことが気になるんやったら、今の仕事辞めてしまえ。今からでもうちの事務所で働けるように西尾《にしお》さんに頼んでみるから。そしたらスケジュールも合わせやすいし、給料かて今よりもっと。

司が最後まで言い終わる前に、真一は耳元にあった精悍《せいかん》な顔めがけて思い切りクッションを投げつけた。

今の仕事は真一が自分で見つけた仕事だ。確かに給料はそれほど高くないが、毎日真面目に働いている。厭味《いやみ》ばかり言う取引先の職員を受け流す術《すべ》や、やたらと小言が多い課長をさりげなく避ける術を学びながら、最近やっと営業という仕事に慣れてきたのだ。それなりにやりがいを感じるようにもなってきている。

それをいとも簡単に、辞めてしまえ、やと?

無性《むしょう》に腹が立った。

司は何にもわかってない。

真一はすっくと立ち上がった。クッションの直撃を受けてかなり驚いているらしい司をソファに残し、リビングのドアへ向かう。

そのまま振り向かずに部屋を出ようとしたとき、真一、と呼ばれた。

焦りと怒りが複雑に入り交じったその声に、真一は反射的に怒鳴り返した。

俺はおまえのヒモやないんやぞ！　指図される覚えはない！


怒鳴った自分の声を思い出し、真一はため息を落とした。白く長く尾をひいたそれは、瞬《また》く間に夜の街に溶けて散る。オフィス街を歩く会社帰りのサラリーマンやOLたちが吐き出す白より、自分が吐き出す白の方が重たく感じられて、真一はまたため息をついた。

あのときは寝不足やったし疲れてたし、俺もたいがい情緒不安定やったよな……。

出て行こうとした真一を、司は止めようとした。

ちょお待て真一、誰もヒモやなんて言うてへんやろ！

そう言うたんと同じことやないか！

全然違う！　俺はただもっとおまえと一緒におりたいだけや！

それで何で仕事辞めえいう話になるねん！

今の仕事続けてたらほとんど会えへんやないか！　それやのに一緒に暮らすんも嫌やて言うんやったら、どないしたらええねん！

嫌やなんて言うてへんやろ！

そう言うてるんと同じことやないか！

言い争いは延々と続いた。今改めて思い返すと、同じようなことを何度もくり返し言い合っていたような気がする。そうして感情の暴走を止められないまま怒鳴り合い、気が付いたときには子供の喧嘩と変わらない言葉を口に出していた。

司のわからずや！　おまえなんかもう知らん！

おまえこそわからんことばっかり言いやがって！　勝手にせえ！

傘の上に舞い降りた雪が、サワ、サワ、と小さな音をたてるのを聞きながら、あれは売り言葉に買い言葉そのものやったな、と真一は思う。

思うように会えない現状に、司も相当焦っていたのだろう。だから乱暴な言い方をしてしまったのだ。そのことは痛いほどわかる。

けれど、辞めてしまえなんて言われる覚えはない。

金は全部俺が出すから、と事もなげに言った司の声が耳に甦《よみがえ》ってきて、真一はきゅっと眉を寄せた。今更のように怒りがぶり返してくる。

俺も意地張り過ぎたことは認める。

けど、今回はやっぱり、絶対、司が悪い。

喧嘩をした次の日になっても、司から連絡はなかった。司が悪いんやから司から連絡してくるべきや、と思っていた真一は苛立《いらだ》った。

司のアホ。何で電話してけえへんねん。

怒りと不安がない混ぜになり、着信履歴《りれき》が全くない携帯電話を危うく床にぶち投げそうになったその瞬間、司が海外にいることを思い出した。行き先は確か、オーストラリアの砂漠の真ん中にある湖だった。どう考えても電話が通じる場所ではない。

仲直りしないまま、司は行ってしまった。

刹那《せつな》、ズキンと胸が痛んだ。

その刺すような痛みはしかし、怒りにまぎれて消えた。

悪いんは司や。司が不愉快な気分のまま仕事に行ったとしても、自業自得《じごうじとく》や。

アホ。鈍感。無神経。わからずや。

ここ数日、そうして心の内で司の悪口ばかり唱《とな》えていたせいで、仕事に全く身が入らなかった。その結果、年末の忙しい時期だというのにケアレスミスを連発し、フォローにまわった同僚たちから激しいブーイングを受けることになってしまった。

しかし一方で彼らは、普段はミスの少ない真一らしくないその様子に、体調が悪いのではないかと気遣《きづか》ってもくれた。ちょうど風邪がはやり出していたから、早めに医者に行けとアドバイスまでしてくれた。

ほんまに風邪やったら良かったのに、と真一は思う。風邪なら、ゆっくり休んで養生《ようじょう》すれば、自然に治る。

けれど、一度こじれた関係は、自然に元通りにはならない。

ただでさえ重かった足取りが一段と重くなったような気がして、真一は唇をかみしめた。芯《しん》まで冷えた空気がコートの内まで入り込んできて、歩みを更に鈍《にぶ》らせる。

ようやく司の帰国予定日である今日になっても、やはり何の連絡もなかった。

まさか、事故とか病気とかとちゃうやろな。

怒りの隙《すき》を縫《ぬ》うようにそんな考えが頭に浮かんで、サッと血の気が引いた。オフィスでパソコンのキーを叩いている最中だったにもかかわらず、真一は考えるより先に外へ飛び出した。そしてあてもなく歩き出しながら、司の事務所の電話番号を押した。

勢い込んで司の様子を尋ねる真一に、すっかり馴染《なじ》みになった事務所の所員は、天候の都合でロケが伸び、司がまだ帰国していないことを教えてくれた。

遅くても明日には帰ってくると思うよ、と明るく答える所員の声に、真一はほっと胸を撫《な》で下《お》ろした。そして安堵《あんど》のあまり、道端《みちばた》にしゃがみ込んでしまった。

何や、そうか。事故とか病気やないんや。

良かった、と思った。

無事ならいい。怪我がないならいい。

……けど、そしたら何で連絡してこんのや？

遅くても明日帰ってくるということは、もうオーストラリアの空港には着いているはずだ。

少なくとも、空港のある都市には着いているだろう。そこからなら、電話も通じる。

それやのに連絡がないなんて、どういうことなんやろう。

とぼとぼと歩きながら、考える。

司はもう、俺のことなんかどうでもええて思《おも》てるんやろか。

ズキ、と胸が刺すように痛んだ。

司は随分前から、今年のクリスマスは絶対一緒に過ごすんやと宣言していた。去年は、恋人として付き合い始めて初めてのクリスマスだったにもかかわらず、司の仕事の都合で会うことができなかった。俺のせいでせっかくのクリスマスを台無しにしてしもた、と落ち込む司に、俺は別にクリスマスとかこだわらんで、司に会えるんやったら何の日でも嬉しいし、と真一は笑って見せた。真一にとっては嘘偽《いつわ》りのない本心だったが、司は気を遣わせたと感じていたようだ。だから余計に、今年こそは、という思い入れがあったのだろう。

真一が勤めている会社の近くにある駅前広場には、毎年大きなクリスマスツリーが飾られる。きらびやかなイルミネーションで飾られるツリーの前は、クリスマス・イヴの夜に恋人同士が待ち合わせる場所として有名だ。そこで待ち合わせしよう、と司は言った。

おまえの仕事が六時頃終わるとして、待ち合わせは六時半やな。ツリーの前で、普通の恋人同士みたいに待ち合わせるんや。

悪戯《いたずら》を思いついた子供のように目を輝かせる司に、真一は眉を寄せた。

けど、そんな目立つとこで会《お》うたらまずいんとちゃうんか。

大丈夫や、と司はあっさり言い切った。

マスコミは撒《ま》いてくるし、どうせツリーの下は恋人同士ばっかりやろ。俺のことなんか誰も見てへんて。俺かっておまえとおるとき、周りの奴なんか全然見えてへんし。

臆面《おくめん》もなく堂々とそんなことを言われて赤面していると、司はさも嬉しそうに微笑《ほほえ》んだ。

その後は外で食事して、それからマンション帰って一晩中いちゃいちゃしよう。

いちゃいちゃて……、と呆れながらも、ようやく笑みを浮かべた瞬間、唇をふさがれた。

深く甘いキスの合間にこちらを見つめてきた司の視線は、高校時代と全く同じ激しさを湛《たた》えていた。全てを圧倒する苛烈《かれつ》な光と焦《こ》げつくような熱を宿《やど》した漆黒《しっこく》の双眸《そうぼう》は、八年近く経《た》った今も尚、真一を捕らえて離さない。

司を大切に想う気持ちに、変わりなどない。

けどもう、限界かもしれん。

俺と司では、生きる世界があまりにも違いすぎる。

互いを想う気持ちがあれば、ずっと一緒にいられると思っていた。生活環境の違いなど、克服《こくふく》できると思っていた。学生の頃はまだよかった。素直に甘えられたし、ある程度はわがままも言えた。

それなのに、社会人になってからは喧嘩ばかりしている。自分自身に余裕がないせいで、つい意地を張って強がって、会っていてもぎすぎすした態度になってしまうのだ。

また、真一が就職した時期に、司が初出演した映画『闇の果実』が海外で評価されたことも、二人のすれ違いをより深刻なものにした。国内だけでなく海外からも仕事がくるようになった司は、目に見えて忙しくなり始めたのだ。日本と海外を行ったり来たりしながら仕事の合間に英語と中国語の勉強をするという目まぐるしい生活が続き、相当ストレスがたまっていたのだろう、司も何かにつけて喧嘩腰になることが多くなった。

ただでさえ会う回数が減ってたのに、ここんとこ、喧嘩するために会うてるみたいなもんやったもんな……。

自嘲《じちょう》の笑みを浮かべつつ角を曲がると、巨大なクリスマスツリーが視界に飛び込んできた。

クリスマス・イヴの夜にだけイルミネーションが灯《とも》されるツリーは、遠目で見ても華やかで美しい。恋人同士の待ち合わせの場所として有名になるのも頷ける。

本当なら、あのツリーの下で司と待ち合わせるはずだったのだ。

連絡がないってことは、ここへ来るつもりはないってことなんやろな。

もしかして、これで終わり、ということなのだろうか。

もう会わない方がいいと、司は思ったのだろうか。

互いに傷つけ合ってばかりいたのだから、そんな風に思われても仕方がないかもしれない。

またズキ、と胸に走った痛みをごまかすように、かじかんだ右手でコートのポケットを乱暴に探る。すると、携帯電話の冷たく固い感触が指先を舐めた。その冷たい塊を取り出して、待ち受け画面をチェックする。

着信の表示もないし、メールも来ていない。

今度は胸だけでなく、目の奥までがキリリと痛んだ。

司のアホ。一言ぐらい謝れ。別れるんやったら、謝ってから別れろ。

謝らんかったら、絶対許さへんからな。

半ば自棄《やけ》になってそんなことを思いつつも、真一の足は自然とツリーの方へと向かっていた。待っている恋人もいないのに、わざわざツリーの下へ行くなんて間が抜けている。余計に虚しくなるだけだ。

そうとわかっていても、なぜか足を止めることができなかった。一歩、また一歩と、ツリーに近付く。うっすらと雪を纏《まと》いつかせ、キラキラと輝くイルミネーションが目に眩《まぶ》しい。

どこからか、ジングル・ベルが聞こえてくる。はしゃぐ声や笑い声を柔らかく包むその楽しげな音楽は、しかし、真一には届かなかった。耳元を虚しく通り過ぎていくだけだ。

世界でたった一人、自分だけがクリスマスから取り残されたような気持ちになりながら、真一はツリーを見上げた。本物のモミノキを北欧《ほくおう》から取り寄せているだけあって、暖かな雰囲気がある。イルミネーションの光が雪に映えて輝く様は、文句なしにきれいだ。人待ち顔の男女が何人もツリーの下に集《つど》っていたが、ツリーを見上げているのは真一だけだった。他の者は皆、駅や大通りに目を向け、恋人が現れるのを今か今かと待っている。

真一の横に立っていたサラリーマンらしき男性が待ち人を見つけたらしく、こっちこっち、と手を振った。ベージュ色のコートを着た女性が、彼の元に走り寄ってくる。ごめん、待った？　と尋ねる彼女に、いや、今来たとこ、と男性はありきたりの返事をした。二人とも頬を赤く染めている。幸せそうだ。

女性が傘をたたみ、二人はひとつの傘に入った。肩を寄せ合って歩き出す彼らを、真一はぼんやりと見送る。

俺、そういや司と相合傘《あいあいがさ》したことないなあ……。

そんな埒《らち》もないことを考えると、自然に苦笑が漏れた。

相合傘て、子供やあるまいし。

歩み去っていくカップルから視線をはずし、再びツリーを見上げようとしたそのとき、真一はふと、自分と同じようにぼんやりと相合傘のカップルを見送っている人影に気付いた。

あ、と思わず声をあげる。

真一の声が聞こえたのだろう、その人影も、あ、と小さく声をあげた。

ニットの帽子を目深《まぶか》にかぶり、セルフレームの眼鏡をかけてはいるが、間違いなく司だ。人ごみの中にあっても一際《ひときわ》目立つスラリと伸びた長身は、黒のコートに包まれている。さしている傘も黒だ。精一杯地味な格好をしているが、その立ち姿は人目を引きつける魅力に溢《あふ》れていた。

今日がクリスマス・イヴで、ここが恋人同士の待ち合わせ場所でなければ、彼が高梨司だと気付く者もいたかもしれない。しかし幸いなことに、恋人たちは皆お互いのことしか見えていないらしく、誰も司には気付いていないようだ。

どれぐらい、見つめ合っていただろうか。

司がこちらに一歩踏み出したことで、真一はハッと我に返った。

途端に、胸がズキリと痛みを訴《うった》えた。頬が熱い。まるで初めて司が好きだと自覚したときのように、鼓動が早くなる。胸がいっぱいになる。

会えて嬉しい。すごく嬉しい。

そう思うと同時に、怒りもまた甦ってきた。

連絡のひとつもよこさんかったくせに、何でこんなとこにおるんや。今更何の用やねん。

「……こんなとこで、何してるん」

横に並んだ司に、真一はぶっきらぼうに尋ねた。司までの距離は六十センチほどだが、互いに向き合おうとせず、二人とも前を向いたままなので、もっと離れているような気がする。

近くにいるのに遠い。

それは最近、司に会う度《たび》に感じていた距離感とよく似ていた。

「おまえこそ、何してるんや」

無愛想《ぶあいそう》な返事が返ってきて、真一はムッとした。

「別に」

「俺も別に」

それきり会話は途切れた。

居心地の悪い沈黙が落ちる。

「オーストラリア、今夏やねん」

ふいに司がぽつりとつぶやいた。

真一は相槌を打つことなく、黙っていた。今は何を言っても、厭味になってしまうような気がしたからだ。

すると、司は独り言を言うように訥々《とつとつ》と続けた。

「ここんとこずっとケンカばっかりしてたし、正直言うて、もうあかんのかなあて思てた。仕事がきつそうやから心配になって、思いやろうてしても裏目に出る。きちんと話しようて思てんのに誤解されてしもて、まともに話もでけへん。そんなんではもう、一緒におっても何もええことない。頑固で意地っ張りなとこも好きやったはずやのに、そういうとこまで癇に障ってイライラして、辛かった」

真一はきつく唇をかんだ。

ズキ、と胸が痛む。

やっぱり司も、もうあかんかもしれんて思てたんや。

「ちょうど海外ロケがあったし、ええ機会やと思た。日常から離れて、何もかも忘れることにした。全部ゼロにして、もう一回考えてみようて思たんや。とは言うても日本を発《た》つときは、もう限界かもしれんて、思てたけど」

限界。

その言葉に、真一は思わず目を閉じた。

司は、俺と別れようて決めたんやろか？

真一は唐突に、言いようのない不安が襲ってくるのを感じた。司の口から出た『限界』という言葉に、いたたまれなくなる。足下から地面が崩れ出したような錯覚に陥《おちい》る。

さっきは自棄になって、謝ってから別れろ、などと思ったが、それが現実になるとは全く考えていなかった自分に、真一は気付いた。確かに真一も漠然と限界を感じていた。しかし、司との別れを具体的に考えていたわけではなかったのだ。

「何時間も車に乗って砂漠を渡った。どこまで行っても見渡す限りの荒地やった。建物なんかイッコもない。人もおらん。動物もおらん。植物も生えてない。三百六十度、どこ見てもそういう風景しか見えへんねん。しかもやたら暑い。あんまりの迫力に圧倒されて、ケンカしたこととか、ほんまに忘れてしもてた」

司は一度言葉を切った。

ふ、とため息をつく気配がする。

「けど、ほんまに凄《すご》かったんはロケ地の湖やった。砂漠ん中に、いきなり青い青い湖があんねん。きれいて言うか何て言うか、もう、最初見たときは声も出んかった。ぽかんとしてしもたて言うんかな。頭ん中真っ白になって、ただぼうっと突っ立ってた」

真一は瞼《まぶた》の裏にその風景を思い浮かべた。

青い青い湖。青い青い空。

その狭間《はざま》に立つ、司。

けれど、それは想像でしかない。司が実際に見た風景ではない。司が砂漠にいる間、真一は取引先に頭を下げてまわったり、デスクにかじりついて書類を作ったりしていたのだ。

異国の広大な砂漠と、日本の小さなオフィス。

俺と司そのものや。

遠すぎる。違いすぎる。

我知らず、閉じた瞼がふる、と震えたそのとき、司はなぜか怒ったような口調で言った。

「そうやってぼうっとしながら結局俺が何を考えてたかて言うと、この風景を真一に見せてやりたい、ていうことやったんや」

真一は思わず目を開けて、司の顔を見上げた。

端整《たんせい》な横顔は、その口調と同じく怒っているように見える。眉はぎゅっと寄せられ、切れ長の双眸は宙をにらみつけていた。

「真一やったらきっと目ぇ真ん丸にして、きれいやなあって言う。しばらく見惚《みと》れてから俺を振り返って、きれいやなあ、司、凄いなあって笑うんやろなて思た。いっぺんそんな風に考えたらもう、あかんかった。頭に思い浮かぶんはおまえのことばっかりやねん。他のことなんか何も考えられへんかった。それでも向こうにおる間は、日本に帰ったらまた考えが変わるかもしれんて思てたんや。けど、結局一緒やった。さっき直接顔見たら、嬉しいて、ほっとして。心も体も全部、おまえのことでいっぱいになった。めちゃめちゃ腹立ってイライラしてたはずやのに、やっぱり好きやて、どうしようもないぐらい好きなんやて、今、すごい実感してる」

かみしめるように言った司は、ゆっくりと真一に向き直った。

視線が出会う。

高校時代から全く変わらない強い光と熱を宿した双眸に見つめられて、真一は言葉を失った。

「……こないだは、俺の言い方が悪かった。すまん。おまえが心配やったんや。傷つけるつもりはなかった」

司は項垂《うなだ》れるようにして頭を下げた。

真一はただ、司を見つめた。

もう終わりかもしれないという不安。乱暴な言葉で傷つけられた怒り。ここ数日で積もりに積もった苛立ち。

心の内で暗く燻《くすぶ》っていたそれらが、嘘のようにすうっと消えていくのがわかった。

どうしようもないぐらい好き。

その言葉だけで、震えるくらいに嬉しくなる。寒さに強張《こわば》っていた頬が一瞬で熱くなり、緩《ゆる》む。胸が切なくズキリと痛む。たとえようのない安堵が冷え切った体の隅々まで行き渡り、瞬く間に全身を温める。

真一にそんな変化を起こせるのは、これまでも、これからも、この世界でたった一人。

仕事がおろそかになってしまうほど怒ったり、携帯電話を床にぶち投げそうになるほど苛立ったり、泣きたくなるほど不安になったり。そんな激しいマイナスの感情を引き出す原因になるのも、たった一人。

司だけだ。

司だけが、俺の全てを変えることができる。

今、改めてそのことを実感した真一は、大きく深呼吸した。

そして思った。

どうしようもないぐらい、司が好きや。

「……俺も、意地張って、悪かった。ごめん」

かすれた声で謝罪すると、司はゆっくりと顔を上げた。怖いぐらいに真剣な色を映した漆黒の瞳が、まっすぐに見下ろしてくる。

「許してくれるか？」

幾分か硬い口調で問われて、真一も表情を引きしめた。ひたと見据《みす》えてくる司に負けないように、視線を返す。

「俺もめちゃめちゃ腹立って、ケンカしてから今日まで、司のアホ、わからずや、て何回頭ん中で悪口言うたか自分でもわからん。しかもそうやって悪口くり返してるうちに、何や段々落ち込んできたんや。やっぱり俺ではあかんのかなて、おまえには相応《ふさわ》しいないんとちゃうかなて、考えた。もう限界かもしれんて、思た。……けど」

真一は一旦唇をつぐんだ。

司は身じろぎもせず、続きの言葉を待っている。

「やっぱり俺も、おまえのこと、どうしようもないぐらい好きやねん」

視線をそらさずに言うと、司は驚いたように目を見開いた。次の瞬間、端整な顔立ちに心底安堵したような柔らかな表情が浮かぶ。

その表情を目の当《まあ》たりにして、真一は心の内に温かな何かが広がるのを感じた。

ほら、またや。

表情の変化ひとつで、暖かくなる。安心してしまう。

俺がこんな風になるんは、他の誰でもない。

司に対してだけや。

やっぱり好きや、と真一は思う。

司が好き。

遠くても違っていても、好き。

この気持ちはもう、動かしようがないのだと確信する。

「そしたら俺ら、両想いやな」

そんな風に言って悪戯っぽく笑う司に、真一も笑って頷いた。

「そやな」

「わかってたことやけどな」

「うん、わかってたけどな」

「なあ、真一」

「ん？」

「一緒に暮らそう」

何気ない調子で言われて、真一は一瞬、言葉につまった。

けれど、すぐ様《さま》司と同じように、何気ない調子で答える。

「うん。暮らそう」

あっさりとした返事に、司は眼鏡の奥の目をむいた。

「マジで?」

「何やねん、嫌なんか?」

「嫌なわけないやろ。おまえがあんまり簡単に返事するからびっくりしたんや」

自らの胸を撫《な》で下《お》ろす司に、真一はコホンと咳払《せきばら》いした。

「ただし、俺は俺の稼《かせ》ぎなりに生活費を出す。家事とかの生活全般のことも、ちゃんと話し合う。そんでも良かったら、暮らそう」

ああ、最初からこういう言い方したら良かったんやな、と思う。

何も意地を張ることはなかった。

無闇に腹を立てることもなかった。

こういうとこは、俺はほんまに進歩がない。

「わかった、話し合う。せやから一緒に暮らそう」

神妙な顔で頷いた司は、確認するように先ほどと同じ言葉をくり返した。最後通告を待つ表情をしている彼に、真一も、もう一度しっかりと頷いて見せる。

「一緒に、暮らそう」

すると、司はひどく嬉しそうに笑った。白い息と共に、きれいに整った純白の歯が闇にこぼれ落ちる。ツリーを飾るイルミネーションが霞《かす》んで見えるほどの鮮やかな笑みに、真一は見惚れた。

たぶん、司にこういう顔をさせることができるんも、俺だけなんや。

そう思うと、自然と頬が緩んだ。

初めて司への想いを自覚したときよりも、もっと強く、深い想いが胸の内に根付いていることをはっきりと感じる。これから先、今回のように傷つけ合って喧嘩をし、悪口を並べ立てることがあったとしても、その強さや深さは変わらないのだろう。

自分という人間を形成する様々な要素の中で、最も激しく、しかし同時に最も豊かなものでもある司への感情を表すには、もはや『好き』という言葉では足りないような気がした。

こういう気持ちを、アイシテル、て言うんやろか。

「さて、そしたら帰ろか。そこの駐車場に車停めてあんねん」

言いながら、司はなぜか傘をたたんだ。

まだ雪は降り続いている。ニットの帽子に、広い肩に白い塊が舞い落ちる様を見て、真一は慌《あわ》てて司に傘をさしかけた。

「何で傘たたむんや。濡れるやろ」

「傘は壊れたから」

「何言うてんねん、壊れてへんやんか」

「壊れたんや。せやからな」

にやりと笑った司は、真一の肩を素早く抱き寄せた。

「一緒の傘に入っていこう」

相合傘や、と威張《いば》ったように言う司を、真一は呆気《あっけ》にとられて見上げた。次の瞬間、さっきツリーの前で待ち合わせしていたカップルを思い出して笑ってしまう。

「司、ひょっとしてさっき、俺ら相合傘したことないなあ、とか思てた？」

「おまえもか？」

正直に、うんと頷くと、司はまた嬉しそうに笑った。

「さすが両想いやな。考えてること一緒やないか」

「一緒はええけど、大丈夫なんか？」

ツリーの前に来たときとは打って変わった軽い足取りで歩き出しながら問う。同じように軽い足取りで歩く司の腕は、しっかりと真一の肩を抱いたままだ。

「大丈夫て、何が」

「どっかで誰かが写真とか撮ってたらどないするん」

「マスコミの奴らはここへ来る前にちゃんと撒いてきたから大丈夫や。もし仮に気付いてる奴がおったとしても、傘が壊れてるんや。相合傘して何が悪い」

開き直った口調で言う司に、真一はクスクスと笑った。

駐車場になど、永遠に着かなくていい。

ずっとこうして歩いていきたい。

そんな風に思ってしまうほど、肩を抱く腕の力強さと温《ぬく》もりは心地好《ここちよ》かった。寄り添うように隣を歩く司が、何よりも誰よりも愛しい。

「真一」

「何？」

「うち帰ったら、いちゃいちゃしよな」

「その前に食事やろ。前に予約した言うてたとこキャンセルしたんやったら、何でもええし買《こ》うて帰ろうや」

「いや、予約はしてあるんやけどな。やっぱり先にメシ食べなあかんか？」

「あかんかて、当たり前やないか」

「……こないだできんかったし、一ヵ月ぶりなんやけどなあ……。しかも気持ち的に今、ごっつ盛り上がってんのやけど……。相変わらずカタイっちゅうかニブイっちゅうか……」

「何？　何ぶつぶつ言うてんねん」

「いろいろな……」

「いろいろ？」

「おまえのそおいうとこも、やっぱり好きやなあ思て」

「そおいうとこて?」

「そおいうとこや」

あとがき

久我有加

お楽しみいただけましたでしょうか。

お楽しみいただけたなら、幸いです。

投稿作品として「長い間」を書いたのは、今から四年ほど前のことです。

四年て……、もうそんなに経《た》ったのか。自分でもちょっとびっくりしています。

四年ほど前といえば、まだ二十世紀。空から何か降ってくるかも、コンピュータがおかしくなってライフラインが寸断されるかも、などと、今にして思えば、おいおい……、とツッコみたくなるような憶測《おくそく》が飛《と》び交《か》い、世の中が世紀末の風に吹かれていた頃です。当時は、続編を書かせていただいた上に、こうして一冊にまとめていただけるなんて想像もしていなかったので、感慨無量《かんがいむりょう》です。

渡部真一《わたべしんいち》。この人の性格は当初、良妻賢母《りょうさいけんぼ》な感じ！　でも男らしく！　と思いつつ書いていたのですが、いつのまにか『男らしく！』の部分が大暴走し、とんでもない意地っ張りになっていました。何でや……。

高梨司《たかなしつかさ》。白状いたします。この人のルックスは、完全にわたくし久我《くが》の好みに合わせてあります。山田《やまだ》先生の司のキャララフを初めて見せていただいたときにはもう、あまりのかっこよさにキャーキャー騒いでしまいました。

そんなこんなで、何かと思い出深い真一と司の物語。少しでも気に入っていただけることを祈っています。


さて、二十一世紀に突入した今、四年前と比べて進歩したことはあるだろうか、と己を振り返ってみたのですが、退化したところは数あれど、進歩したところはほとんどないことに気付き、途方に暮れてしまいました。いかん。このままでは退化するばかりじゃないか。

今年こそ、少しは進歩しました！　と胸を張って言えるような一年にしたいと思います（このように明記しておけば、今年の終わり頃に、でへへー、やっぱり今年もあかんかった〜、また来年がんばるし〜、という言い訳はできまい……）。


最後になりましたが、お世話になった皆様方に感謝申し上げます。

担当の前田さん。いつもご面倒《めんどう》をおかけして申し訳ありません。これからもがんばりますので、どうぞよろしくお願いいたします。

イラストを描いてくださった山田睦月《やまだむつき》先生。お忙しい中、挿絵《さしえ》を引き受けてくださり、ありがとうございました。暖かな雰囲気の素敵なイラストを拝見する度《たび》、頬が緩《ゆる》みます。

見守ってくれた家族。ほんまにいろいろすんません……。

そして、この本を手にとってくださった皆様。心より感謝申し上げます。これからも皆様に楽しんでいただけるような話を書いていきたいと思いますので、よろしくお願いいたします。もしよろしければ、おもろい、おもろない、ふつう、のうち、どれか一言だけでもご感想をいただけると嬉しいです。

それでは皆様、お元気で。

二〇〇三年一月　　久我有加

長《なが》い間《あいだ》

この本を読んでのご意見、ご感想などをお寄せください。
久我有加先生・山田睦月先生へのはげましのおたよりもお待ちしております。
〒113-0024 東京都文京区西片2-19-18 新書館
[編集部へのご意見・ご感想] ディアプラス編集部「長い間」係
[先生方へのおたより] ディアプラス編集部気付 ○○先生

初 出
長い間：DEAR⁺ 2001年3月号
あいたい：DEAR⁺ 2002年5月号
クリスマス・イヴ：書き下ろし

新書館ディアプラス文庫

著者：**久我有加**［くが・ありか］
初版発行：**2003年 2 月25日**

発行所：**株式会社新書館**
［編集］〒113-0024 東京都文京区西片 2-19-18 電話(03)3811-2631
［営業］〒174-0043 東京都板橋区坂下 1-22-14 電話(03)5970-3840
［URL］http://www.shinshokan.co.jp/
印刷・製本：**図書印刷株式会社**

定価はカバーに表示してあります。乱丁・落丁本はお取替えいたします。
ISBN4-403-52067-7

DEAR+ CHALLENGE SCHOOL

<ディアプラス小説大賞>

募集中！

◆賞と賞金◆

大賞◆30万円

佳作◆10万円

◆内容◆

BOY'S LOVEをテーマとした、ストーリー中心のエンターテインメント小説。ただし、商業誌未発表の作品に限ります。

◇批評文はお送りいたしません。

◇応募封筒の裏に、**【タイトル、ページ数、ペンネーム、住所、氏名、年令、性別、電話番号、作品のテーマ、投稿歴、好きな作家、学校名または勤務先】**を明記した紙を貼って送ってください。

◆ページ数◆

400字詰め原稿用紙100枚以内（鉛筆書きは不可）。ワープロ原稿の場合は一枚20字×20行のタテ書きでお願いします。原稿にはノンブル（通し番号）をふり、右上をひもなどでとじてください。

なお原稿には作品のあらすじを400字以内で必ず添付してください。

小説の応募作品は返却いたしません。必要な方はコピーをとってください。

◆しめきり◆

年2回　**1月31日/7月31日**（必着）

◆発表◆

1月31日締切分…ディアプラス7月号（6月14日発売）誌上

7月31日締切分…ディアプラス1月号（12月14日発売）誌上

◆あて先◆

〒113-0024　東京都文京区西片2-19-18

株式会社　新書館

ディアプラスチャレンジスクール<小説部門>係